KB273242

2026년 2월 14일 1판 1쇄 펴냄

글그림 밥장 | 편집 이대건 이연 열음 | 디자인 책마을해리

펴낸곳 도서출판 기역 | 출판등록 2010년 8월 2일(제313-2010-236)
주소 경기도 파주시 회동길 363-8 출판도시 | 전북 고창군 해리면 월봉성산길 88 책마을해리
전화 070-4175-0914 | 전송 070-4209-1709

ⓒ 밥장, 2026

ISBN 979-11-94533-22-1 03810

이 책은 친환경 재생용지로 만들었습니다.

외롭꼴
LONELY HORNY

'불순한 씨앗이 내 안에 있었나 봐요.'

글·그림 밥장

Maman, la plus belle de monde.
엄마, 세상에서 가장 아름다운 분.

나는 여전히 젊고 아픕니다

『1984』와 『동물농장』을 쓴 작가 조지 오웰은 실패할 줄 알면서 글과 소설을 썼습니다. 그럼에도 내가 어떤 책을 쓰고 싶은지 정확히 안다고 했습니다. 스무 살 나에게는 실패도 성공도 없었습니다. 지금 스무 살에게 1990년대는 달콤한 시티 팝 플레이 리스트와 어딘지 모르게 꾸민 듯한 서울 말투로 알려져 있을 겁니다. 실제로는 윤상이 부른 노래처럼 서정적이거나 〈플라스틱 러브〉나 〈푸른 산호초〉처럼 상큼하지 않았습니다.

나는 서울에서 차로 4시간 넘게 걸리는 작은 도시에 삽니다. 마당이 딸린 작은 집에 갇혀 지냅니다. 대문 옆에는 주소 대신 《글+밥 골방》이라고 쓴 작은 팻말을 걸어 두었습니다. 식탁 겸 책상 위에는 기계식 키보드와 아이패드가 놓여 있습니다. 화면에 꽉 차게 글을 채워 넣으면 자동으로 인쇄됩니다. 종이 위에 연필로 첨삭을 한 다음 다시 화면을 열어 고친 단어들로 바꿉니다. 5천 자를 쳐야 냉장고 문이 열립니다. 레토르트 식품을 꺼내 전자레인지에 돌려서 한 끼를 해결합니다. 지나간 시간이 글자 수를 거쳐 음식으로 바뀌고 배를 채워주는 거죠. 커피를 마신다고 들고 있던 연필을 개수대에 잠시 내려놓습니다. 다시 자리로 돌아와 커피를 홀짝거리면서 연필을 찾습니다. 방금전까지 책상 위에 있었는데 없어졌다며 여기저기 뒤집니다. 연필은 개수대 옆에 잘 놓여 있는데 말이죠.

골방에 오래 있다 보면 가끔 눈깔이 뒤집어집니다. 뭔가 제대로 돌아가는 기분이 들면 싹 다 내던지고 싶습니다. 저 멀리 소실점까지 이어진 고속도로를 막힘없이 달리다 보면 핸들을 확 꺾고 싶은 마음 안 드나요? 가드레일을 들이받고 붕 날아서 논두렁 위를 데굴데굴 구르고 싶은 충동을 느낀 적 없나요? 어떤 글이 될지 잘 모르겠습니다. 하지만 계약금을 받았으니 글자 수는 꼭 채울 겁니다. 내게 글쓰기란 한 끼 밥이 담긴 냉장고 문을 여는 열쇠입니다.

이런 문장 솔직히 역겹습니다. 잘 알지도 못하면서 경쾌하게 떠들고 싶지 않습니다. 입 꾹 다물고 턱없이 진지하게 구는 것도 내 스타일은 아니구요. 양념은 좀 치겠지만 없는 말을 지어내지는 않을 겁니다. 아주 가끔씩 내일이 오지 않으면 좋겠다는 생각도 듭니다. 오늘이 너무 좋거나 내일이 너무 무섭거나 둘 중 하나인데요. 스무 살 때나 쉰 살이 넘은 지금이나 다르지 않습니다.

지우개를 쓰면 위아래로 살짝 더 많이 지워지듯이 스무 살 기억도 비슷합니다. 요컨대 억지로 지어내지는 않겠지만 그렇다고 다 믿지는 마세요.

몇 년 전부터 하루도 빠짐없이 키보드를 두드리지만, 문장을 쓰고 고치는 일은 좀처럼 익숙해지지 않습니다. 젊음이 실수와 시행착오라고 한다면 나는 여전히 젊고 아픕니다. 다만 후두부에 식칼이 들어온다고 괴성을 지르지는 못해요. 잘려나간 생선 대가리처럼 그저 소리없이 뻐끔거릴 뿐입니다. 덜 아픈 게 아니에요. 그냥 느려요. 느려졌어요.

친구한테서 비정상이라는 말을 들었어요
20대까지는 지루할만큼 정상이었어요
하지만 불순한 씨앗이 내 안에 있었나 봐요
엄마 말 잘 들으면서
착한 어른으로 크면서
싹을 틔우며 조금씩 자랐어요
거울을 들여다 보면 등 뒤로 자란 줄기와 잎이
내 앞에 짙은 그림자를 드리우네요

비정상이에요.
나는 달라요.

차례

006　들어가는 말_나는 여전히 젊고 아픕니다

013　제1장. 놀이하는 사람이 되고 싶었어
014　그냥 죽어 버려
020　나는 깍두기
022　엄마는 진짜 좋은 건 알려주지 않았어
026　섹스를 배우려다 얻어터지기만 했지
030　대학이라는 거짓말
033　똥이 더럽다고 똥구멍을 막을 순 없어
038　사랑 없는 섹스라니요
042　운명은 저질이야
048　해보니 알겠어
051　피터 노스가 날 보고 활짝 웃었어
056　어른스럽게 유흥업소로
059　알았다고 했지만 하나도 몰랐어
062　놀이라뇨. 저는 무척 진지하거든요

067 제2장. '론리앤호니'를 위한 열두 가지 놀이

068 첫 번째. 사랑+놀이

076 두 번째. 돈+놀이

082 세 번째. 경쟁+놀이

092 네 번째. 버리기+놀이

097 다섯 번째. 장애물+놀이

105 여섯 번째. 이벤트+놀이

116 일곱 번째. 평범함+놀이

123 여덟 번째. 투명인간+놀이

130 아홉 번째. 나락+놀이

138 열 번째. 꿈+놀이

146 열한 번째. 다양성+놀이

154 열두 번째. 끝+놀이

162 맺는 말_일해서 남 주고 놀아서 나 준다

어떻게 하면 더 놀 수 있을까.

의미보다 재미.

별거 아님에 휘둘리지 말 것.

강도보다는 횟수.

술과 담배 대신 과일과 채소.

혼신을 다해 게을러 봅니다.

그래도 살만하다면 그게 맞아요.

그냥 죽어 버려

초등학교에 입학하기 전까지 내 세상은 골목과 공터였습니다. 어린아이 너댓 명은 충분히 들어갈 만한 둥그런 콘크리트관이 빈 땅에 아무렇지 않게 놓여 있었습니다. 바닥은 대부분 흙이었습니다. 손으로 조금만 파도 지렁이, 땅강아지 같은 벌레가 튀어나왔습니다. 골목과 공터는 아이들이 떠드는 소리로 시끄러웠고 놀이는 끊이지 않았습니다. 아이들이 모이면 어떤 놀이부터 할지 골랐습니다. 그리고 규칙을 정했습니다. 가장 중요한 규칙은 어떻게 하면 죽는가였습니다.

무궁화꽃이피었습니다, 다방구, 술래잡기, 오징어게임 모두 마찬가지였습니다. 우리는 하루에도 몇 번씩 죽었습니다. 낄낄거리면서, 억울해하면서 죽었습니다. 난 절대로 안 죽을 거야,라고 말하는 녀석은 하나도 없었습니다. 재미나게 놀려면 잘 죽어줘야 했습니다. 죽었네 안 죽었네, 자꾸 따지다 보면 놀 시간이 줄어듭니다. 다행스럽게 알아서들 잘 죽었습니다. 여러 가지 놀이 중에서 전쟁놀이는 죽음이 곧 재미였습니다. 편을 먹고 장난감 총과 칼을 들고 상대편에게 휘둘렀고 총알을 맞으면 기꺼이 쓰러졌습니다. 어떻게 하면 멋지게 죽는지 서로 가르쳐 주었습니다. 총알 세례를 받으면 춤을 추듯 흐느적거리다 쓰러져야 해. 너무 빨라도 안 돼. 픽 쓰러지면 느낌이 안 나거든. 어떻게 하면 더욱 실감나게 죽을지 거울을 보며 연습했습니다.

브라질 축구 국가대표 루카스 파케타는 2025년 현재 프리미어리그의 명문구단인 웨스트햄 유나이티드에서 뛰고 있습니다. 파케타는 애칭인데, 그가 태어난 곳인 리우데자네이루의 섬 이름에서 따왔습니다. 그는 불법 베팅 혐의를 받았는

데 2022년과 2023년 심판에게 경고를 받은 게 문제가 되었습니다. 경기를 뛰다 보면 어쩔 수 없이 상대 선수를 잡아당기거나 손으로 공을 잡는 반칙을 합니다. 그런데 잉글랜드 축구협회에서 파케타가 스포츠 베팅에서 이익으로 얻으려고 고의로 파울을 했다는 의혹을 제기했습니다. 우리나라와 달리 영국에서는 점수뿐만 아니라 경기에서 일어나는

다양한 상황에 판돈을 걸 수 있습니다. 그가 경기 중에 옐로카드를 받는데, 7파운드에서 400파운드, 우리 돈으로 만원이 약간 넘는 금액에서 70만 원 정도까지 걸려 있었습니다. 그런데 이런 구체적인 베팅이 파케타 섬 주민들 사이에서 이루어졌고 실제로 돈을 땄습니다. 어떻게 그들만 베팅을 하고 공교롭게 파케타가 카드를 받았을까요? 어쩌면 고향 선후배들과 재미난 놀이로 시작했을지도 모릅니다. 엄청나게 큰돈도 아니니까요. 그는 베팅 의혹만으로도 더 큰팀으로 이적이 불발되는 불이익을 겪었습니다. 2025년 7월 파케타는 아무런 혐의가 없다며 최종판결을 받았습니다.

놀이나 게임이 공식적인 경기가 되려면 제대로 된 심판이 필요합니다. 심판이 없으면 반칙을 해도 반칙인지 아닌지 서로를 붙잡고 따질 수밖에 없습니다. 그런데 심판이 생기는 순간 심심풀이나 재미를 위한 놀이는 사라집니다. 실망과 분노, 의심과 음모 같은 복잡하고 다채로운 감정이 깔립니다. 경기에 참가하는 선수들도 달라집니다. 반칙을 해도 심판의 눈에 걸리지만 않으면 되는 거죠. 심판을 속이는 기술도 늘어납니다. 하도 교묘해져서 비디오 판독까지 생겼습니다. 재미보다 이기고 지는 게 중요해집니다. 결과에 따라 선수는 물론 보는 사람들에게도 쉽게 포기하지 못하는 것들, 이를테면 돈과 명예, 순위 따위가 걸려 있기 때문입니다. 한마디로 여간해서 잘 죽으려 들지 않기에 너 죽어,라고 단호하게 말할 수 있는 존재인 심판이 필요합니다.

놀이는 심판이 없어도 됩니다. 참가하는 사람 모두 순순히 죽음을 받아들이는 데 놀이의 정수가 담겨 있습니다. 내가 얼마나 잘 노는지 알고 싶어서 스스로에게 물어봅니다.

어때, 죽을 거지?

'원해주길 원해'

살아있는 사람은 살아있는 사람을 위로할 수 없다. 죽음에 대해
추측만 할 뿐 누구도 안다고 말할 수 없기 때문이다. 오직 죽은 자들만이
위로할 수 있다. 하지만 나나 당신이나 죽은 자(들)을 만난 적이 없다.
만나보았다는 이들도 가끔 있지만 그다지 믿음이 가질 않는다.
그럼에도 죽은 자들을 죽은 자들이 '살아있는' 세상을 상상한다.
그들을 불러 목소리를 들어보려고 애쓴다. 위로받고 싶기 때문이다.
종교와 미신의 시대가 저물고 과학의 시대에 살아도 다를 바 없다.
온갖 연구와 기술의 힘을 빌어 죽은 자들에게 말을 걸어본다.
하지만 안타깝게도 여전히 말이 없다. 죽음과 삶 사이에
아직 밝혀내지 못한, 현재 기술로는 뛰어 넘을 수 없는
차원의 장벽 때문일까. 아니면 죽음이란 아예 존재조차
없기 때문일까. 어쩌면 죽은 자들은 존재하지만, 하고 싶은 말도
있지만 가만히 있는 게 아닐까. 어쩌면 살아있는 사람들.
엄청난 배려때문에 하나같이 침묵하고 있는 걸지도 모르겠다.
어쨌든 죽음은 말이 없고 침묵이 죽음이 할 수 있는 가장 큰 배려다.

중학교 다닐 때 고민은 '죽는 것도 두렵고 영원히 사는 것도 두려운'
거였다. 끝이 없다는 개념이 죽는 것보다 조금 더 무서웠다.
부모님은 이런 고민을 진지하게 들어주었다. 돌이켜 보면 부모라고
딱히 해줄 말이 없었을텐데. 아빠나 엄마도 죽음과 영생을
겪어본 적이 없었으니 말이다. 영원한 지옥불은 동어반복이었다.
영원이 곧 괴로움이었으니까. 영원을 약속하는 교회도 무서웠다.
나랑 다르지 않은데 다 아는 척을 하는 목사를 믿지 못했다.

나는 깍두기

나는 키가 작고 운동신경도 뛰어나지 않았습니다. 어쩌다 같은 편에서 놀다가도 다음 편을 짤 때는 나를 뽑아주지 않았습니다. 몇 번 더 놀다 보면 어떻게 편을 짜도 뽑아주지 않게 됩니다. 같이 놀기는 놀아야 하는데 내 편으로 뽑기는 싫고. 그때 누군가 외칩니다.

너는 깍두기야.

깍두기가 되면 원칙적으로는 어느 편에서도 뛸 수 있습니다. 달리 말하면 존재감이 없는 거죠. 함께 놀지만, 함께 노는 존재가 아니다? 뭐겠습니까. 나는 심판이다. 스스로 그렇다고 여겼습니다. 깍두기로 놀던 버릇에다 인지편향까지 곁들여지면서 나는 무리 속에서 공정함을 다루는 심판이며 갈등을 해결하는 중재자 역할로 받아들였습니다. 공부도 잘하니까 친구들이 모르는 숨겨진 맥락을 찾아낼 만큼 통찰력도 있다고 믿었습니다.

지금에야 알게 되었어요. 함께 놀던 아이들은 그저 내게 관심이 없었을 뿐이었습니다. 같은 편으로 어울리면서 웃고,

화내고, 흥분하면서 어깨동무를 할 만큼 친하지 않았던 것입니다.

그 뒤로 내게 스스로 붙여준 이름들, 이를테면 말 잘 듣는 아들, 따뜻한 연인, 성실한 남편, 좋은 아빠는 깍두기와 다름없었습니다. 진짜 경기에 나서는 선수는 되지 못했습니다.

엄마는 진짜 좋은 건 알려주지 않았어

중학교 1학년 처음 자위를 했습니다. 어떻게 하는지 짝이 알려주었습니다. 12년을 살면서 이만큼 짜릿하고 너무 좋아서 또 하고 싶은 건 없었습니다. 왜 엄마가 아니라 짝이 알려주었을까요? 고추를 잡고 오줌 아닌 걸 쌀 때까지 만져주기만 하면 되는데요. 엄마는 기저귀를 갈고 똥구멍을 닦아주고 입으로 '쉬이' 하면서 고추를 잡고 오줌 방울도 털어주었잖아요.

엄마는 진짜 좋은 걸 알려주는 대신 장롱 깊숙이 숨겼습니다. 티크로 만든 묵직한 문짝은 이세계로 들어가는 입구였습니다. 두툼한 겨울옷과 솜이불 사이로 손을 집어넣으면 못 보던 물건들이 잡혔습니다. 집을 비울 때마다 장롱을 뒤지는 걸 알았는지 엄마는 먼저 한 개를 꺼내 보여주었습니다. 금색 라이터였습니다. 비싸고 근사해 보였습니다. 집에 혼자 있을 때는 절대 불장난하지 말라고 못이 박히도록 들었는데 그날은 달랐습니다. 선뜻 라이터를 건네주면서 이제부터 네 것이라고 했습니다. 라이터를 줬으니 담배는 언제든지 피워도 된다고 하였습니다.

사실 불장난도 쉽지 않은데 담배를 피라니요. 난 초등학교

3학년이었다구요. 엄마는 고단수였어요. 라이터는 단순히 라이터가 아니었습니다. 그건 엄마가 내 앞에 그어놓은 선이었습니다. 그 뒤로 언제든지 라이터를 꺼내서 불을 붙이거나 담배를 필 수 있었습니다. 대신 엄마한테 먼저 말하는 조건이었습니다. 그 뒤로 지금까지 담배를 피지 않습니다. 방화를 저지른 적도 없구요.

하지만 진짜 숨겨둔 건 따로 있었습니다. 〈플레이보이〉와 〈소녀경〉이었습니다. 엄마가 집 비울 때마다 책을 보며 자위를 하는 것쯤은 알았을 겁니다. 하지만 책 밑에 보관해둔 약물까지 손댔다는 건 모를 거예요. 알았더라면 곧바로 치웠을 테니까요. 새끼손가락 크기 만한 플라스틱병이었는데 갈기를 날리며 두 발로 서 있는 숫말이 그려져 있었습니다. 스마트폰이나 아이패드에 설명서가 따로 필요 없듯이 이게 사정을 늦추고 발기를 오래 유지할 거라는 건 귀신같이 알

았습니다. 두 권을 나란히 놓고 번갈아 가면서 책장을 넘기면 예외 없이 발기가 되었습니다. 숫말이 새겨진 병뚜껑을 열어 천천히 귀두에 발랐습니다. 아무도 없었지만 들킬까 봐 항상 긴장을 했습니다. 아빠도 이거 쓰냐고 물어보면 서로 곤란해질 것 같아서 그냥 몰래 썼습니다. 자위로 알게 된 섹스는 더할 나위없이 좋았습니다. 하지만 틀키면 곤란한 그 무엇이었습니다. 허벅지를 몹시 잘 그리는 만화가 김삼의 『대물』은 서랍 뒤쪽에 몰래 숨겨두고 읽었습니다. 고등학교 때 아빠가 유럽 출장에서 돌아오면서 포르노 트럼프 카드를 사 왔습니다. 몰래 훔쳐서 엄마, 아빠가 잠든 걸 확인한 다음 책상 위에 펼쳐놓고 자위를 했습니다. 짝한테 배운 자위와 나 홀로 장롱 속으로 떠나는 모험은 엄마가 내게 그어둔 선을 벗어나서 스스로 깨우친 첫 번째 경험이었습니다. 만약 라이터나 담배처럼 당당하게 했더라면 이만큼 재미나지 않았을 것 같습니다.

고마워요 엄마
이렇게 재미난 걸 끝까지 숨겨주어서

섹스를 배우려다 얻어터지기만 했지

중학교 1학년이었습니다. 내 짝(=a.k.a. 자위구루)은 주일마다 빠지지 않고 성당에 다녔습니다. 눈덩이가 살짝 발갛게 부어있었고 언제나 미소를 잃지 않았습니다. 키도 크고 잘 생겼습니다. 나이는 같아도 나는 여전히 초등학생처럼 보였지만, 그는 이미 사타구니 사이에서 남자 냄새를 폴폴 풍겼습니다. 지금도 중학교에 가면 같은 반 친구라고 믿기지 않을 만큼 제각각 달라 보입니다. 2차 성징이 오는 시기도 다르고 성욕도 차이가 납니다.

이런 아이들을 다 같이 모아 놓고 성교육을 하였습니다. 수업은 생물 선생님이 맡았습니다. 그는 수업시간에 학생들이 마음에 들지 않으면 주저없이 귀싸대기를 날렸습니다. 키는 작고 등에는 적당히 살이 붙어 있었습니다. 누가 붙였는지 모르겠지만, 입학하기 전부터 그는 뺑덕어멈이었습니다. 처음으로 제대로 섹스를 배우는데 뺑덕어멈이라니. 예상한 대로 그는 이번 수업시간에 웃는 녀석은 가만두지 않겠다고 미리 엄포를 놓았습니다. 그리고 분필로 무언가 그렸습니다. 성인 남자의 성기를 옆으로 잘라낸 모양이었습니다. 무시무시한 뺑덕어멈이 우리 앞에서 대놓고 자지를 그리다니요. 짝은 푸하하 웃었습니다. 기다렸다는 듯이 불싸대기가 날라왔습니다. 짝은 쉴 새 없이 얻어터졌습니다. 수업은 그걸로 끝이었습니다. 칠판에는 귀두까지 그리다 만 자지만 남았습니다. 다음 생물 시간에 '선생님, 성교육 아직 남았는데요'라고 입바른 소리를 하는 녀석은 없었습니다. 선생님도 모른 척하면서 다음 장으로 건너뛰었습니다.

빵덕어멈과 그리다 만 귀두, 천진난만한 짝의 웃음소리와 손찌검. 내가 사랑하는 학교가, 내가 가장 궁금해하는 섹스를 다루는 방식이었습니다.

'달은 무자비한 밤의 여왕.'
The Moon is A Harsh Mistress

달 하면 이 문장이 늘 떠오른다. 어젯밤 달은 특히 더 그랬다. 달은 엄격하게 예상대로다. 차오르고 빠진다. 정확하게. 예측가능하고 뜨겁거나 차갑지도 않다. 너무 커서 부담스럽지도 않다. 그런데도 가끔은 으스스하다. 동해에서 떠오르는 붉은 달. 러시아 바이칼 알혼섬 언덕에 걸려있던 샛노란 달. 천체 망원경으로 처음 보았던 희색 분화구. 울진에서 방파제를 지킬 때 달빛 아래 바다 위로 깔린 빛의길이 내가 서 있는 자리까지 이어진 듯했다.

아무도 없는 모래 위 초소에 기대어 자위를 했다. 야동이나 이미지 없이 달빛 때문에 그랬다. 밤의 여왕에게 사정을 한 셈이었다. 어젯밤 달은 차분하게 제 할 일을 했다. 뜨고 그림자에 덮혔고 붉게 빛났고 다시 제 빛을 비추었다. 모든 순간이 다 예상대로였다.

… 처음이었다. 늙어서 같이 다니기 부끄럽다는 말을 들었다. 건너 들은 것도 아니다. 내 눈을 보며 또박또박 이야기했다. 그와 나는 스물셋 정도 차이가 났으며 딱히 '틀린' 말은 아니었다. 사실 난 뭐든지 조금씩 늦었다. 첫번째 야동도, 자위도, 첫키스도, 첫섹스도, 결혼도 (그당시 기준이다). 그림도 삼십 대 중반에 겨우 시작했다. 그러다보니 젊게 보였다. 그 나이에 이미 다 해치우고 남을 일들을 여전히 새롭게 하고 있는 것처럼 보이니까 말이다.

이제는 안다. 그가 직접 내 귀에 대고 정확하게 말해 주었으니까. 착각하지 말라고. 너라고 별 수 없다고. 운도 착각도 이제는 다 끝이라고. 마치 달이 예상대로인 것처럼. 나는 붉게 가리워진다.

밤 산책을 하면서 애플 뮤직을 듣는데 비트가 참 신선했다. 무슨 곡인지 보았더니 'If You Love The Moon'이었다. 만약 내가 달을 사랑한다면 끝없이 어색하게 만나게 되겠지. 이유없이 불안해하며 엄격함에 매혹되어 한없이 밝아지었던 밤의 바다를 떠올리겠지.

대학이라는 거짓말

1980년대가 끝나는 해에 신촌에 있는 연세대학교에 입학했습니다. 서울대학교에 가고 싶었지만 인기 있는 과에 들어가려면 점수가 더 필요했습니다. 담임 선생님은 전공보다 학교가 중요하다면서 미학과를 추천했습니다. 세상 모르는 고 3한테 미학과는 너무 낯설었습니다. 엄마라고 크게 다르지 않았습니다. 문과니까 경영, 경제학과였습니다. 미학이 철학 계열이라는 사실을 알게 되면서 엄마는 몹시 불쾌하게 여겼습니다. 담임 선생님은 일단 입학한 다음 고시 공부를 하면 된다고 급하게 얼버무렸습니다. 서울대 미학과와 연세대 경제학과 중에서 엄마는 후자를 선택했습니다. 별다른 의심없이 엄마 말을 따랐습니다.

알고 보니 경제학과는 별다른 재료비나 실습비 없이 달랑 등록금만 내는 몇 안 되는 학과였습니다. 수업도 교과서와 노트 그리고 볼펜 한 자루면 충분했습니다. 보통 오후 4시가 되면 모든 수업이 끝났습니다. 이제부터 술과 담배 그리고 당구를 위한 시간이었습니다. 하지만 세 가지 모두 하지 않았습니다. 술은 마셔 보니 취하기 전부터 속이 안 좋았습니다. 억지로 마시면 다음날 아침 어김없이 변기에 매달렸습니다. 담배는 엄마가 준 라이터 덕분에 지금까지 피지 않습니다. 당구는 뭐가 그렇게 재미있는지 몰랐습니다. 애인이나 여자사람 친구도 없었습니다.

수업을 마치면 도서관에 들러 낡은 철학책을 잔뜩 빌렸습니다. 학교 앞에서 버스를 타면 모래내 시장을 거쳐 응암동을 지나 서울과 경기도를 가르는 점선 어디쯤에 내렸습니다. 저녁이 되려면 아직 멀었습니다. 시간은 어제처럼 천천히 흘렀고 지루했습니다.

다음날 아침 학교에 가면 학과 건물 계단에 친구들이 걸터앉아 담배를 피우고 있었습니다. 깃에 단추가 달린 옥스포드 천으로 된 폴로 셔츠를 입고 어젯밤에 무슨 일이 있었는지 낄낄거리며 떠들었습니다. 나는 티셔츠 가슴에 새겨진 헌트 로고를 책등으로 슬며시 가리면서 친구들 사이에 앉았습니다. 한 녀석은 어젯밤 소주를 토할 때까지 마셨고 다른 녀석은 에스프리 카페 구석 칸막이 자리에서 삽입 빼고 다했다고 떠벌였습니다. 그런 분위기에서 난 어젯밤 키에르케고르를 무척 재미나게 읽었다고 말할 수는 없었습니다. 녀석들은 조용히 찌그러져 있는 날 흘깃 보며 아무것도 물어보지 않았습니다. 익숙한 솜씨로 담배 불씨를 탁 튕기며 담배꽁초를 모카신 바닥으로 비벼 끄고 전공 수업을 들으려 건물 안으로 들어갔습니다.

교수는 학생들이 무슨 짓을 하든 때리지 않았습니다. 수업에 빠져도, 동아리에 다녀도, 매일 술을 퍼마셔도……. 하지만 내 이야기는 아니었습니다. '할 수 있다'와 '한다'는 전혀 다른 말이니까요. 자유롭지만 선 넘는 방법까지 세세하게 알려주지는 않았습니다. 대학만 오면 쾌락의 문이 열릴 것으로 기대했지만 섹스는 여전히 몇천 광년 너머 황홀하게 빛나는 성운 같았습니다.

늦은 오후 집으로 돌아가는 버스는 진공으로 가득한 빈 공간을 천천히 가로지르는 보이저호였습니다. 두툼한 책이 외로운 나를 구원해 주리라 믿었습니다.

엄마. 공부 잘해서 대학안가면 다 된다면서요

따져 묻기도 전에 엄마는 아빠와 이혼하였습니다.

똥이 더럽다고 똥구멍을 막을 순 없어

우리 반 오락부장을 맡아 앞장서서 단체미팅을 주선했지만 결국 남 좋은 일만 했습니다. 어쩌다 여자랑 단둘이 있으면 무슨 이야기부터 해야 할지 몰랐습니다. 차라리 모른다고 순순히 받아들이면 물어보기라도 했을 텐데. 과팅에서 사회를 보았지만 늘 혼자 집으로 돌아왔습니다. 항상 무대에 섰지만 정작 내 옆에는 아무도 없었습니다. 집에 오면 몸이 아팠습니다. 누군가 만났더라면 아프지 않았을까요? 동시에 여자를 만나기도 만나지 않을 수는 없습니다. 두 개의 선택과 두 개의 삶을 한꺼번에 할 수 없기에 알 수 없습니다. 슈뢰딩거 고양이라면 모르겠지만 말이에요.

답은 혼전순결이었습니다. 얼마나 거룩합니까. 교회에 부지런히 다니면 믿음이 생기고 구원(에 대한 보험)도 얻고 무엇보다 자매들한테 믿음 깊은 형제라는 인정도 받습니다. 부활과 심판을 못 믿겠다고 의심하거나 하늘나라가 있는지 합리적으로 따지다 보면 믿음의 자매들이 하나둘 내 곁을 떠나버립니다. 복잡할 거 없습니다. 믿으면 또 믿어집니다.

생각을 버리고 하나님의 발아래서 따뜻한 빛을 좇으면 먼저 온 자매들이 팔 벌려 꼬옥 안아줍니다. 게다가 예수님을 사랑의 경쟁자로 여기면 결코 이길 수 없습니다. 대신 멋진 자매들과 함께 예수님을 바라보면 자연스럽게 팔짱을 낄 수 있습니다. 경계는 없고 연민으로 가득 찬 사랑, 연인이 늘어도 별 탈 없는 사랑, 폴리아모리는 오직 예수뿐이었습니다.

기타를 치는 키 크고 잘 생긴 교회 오빠는 아니지만, 그런대로 봐줄 만한 존재는 될 수 있었습니다. 하지만 언발에 오줌누기였어요. 욕구를 아예 없앨 수는 없어요. 참는다고 사라지지도 않습니다. 마일리지처럼 차곡차곡 쌓여 찰랑거리다가 한 포인트 더 올리면 펑 하고 폭발합니다. 욕구가 죄책감으로 눈덩이처럼 구릅니다. 욕구가 더럽다고 여기며 막는다는 건 바보같은 짓입니다. 그런데 아무도 그렇다고 말해주지 않았습니다. 플루토늄을 함부로 버리지 못하고

원자력 발전소 귀퉁이에 가둬놓듯이 죄책감을 마음 한켠에
차곡차곡 쌓았습니다. 대장 속에 억지로 붙들려 있던 검은
똥덩어리들은 결국에는 터져 나왔습니다.
답은 하나였습니다.

책을 원하면 책을 읽고
섹스를 원하면 섹스를 해라

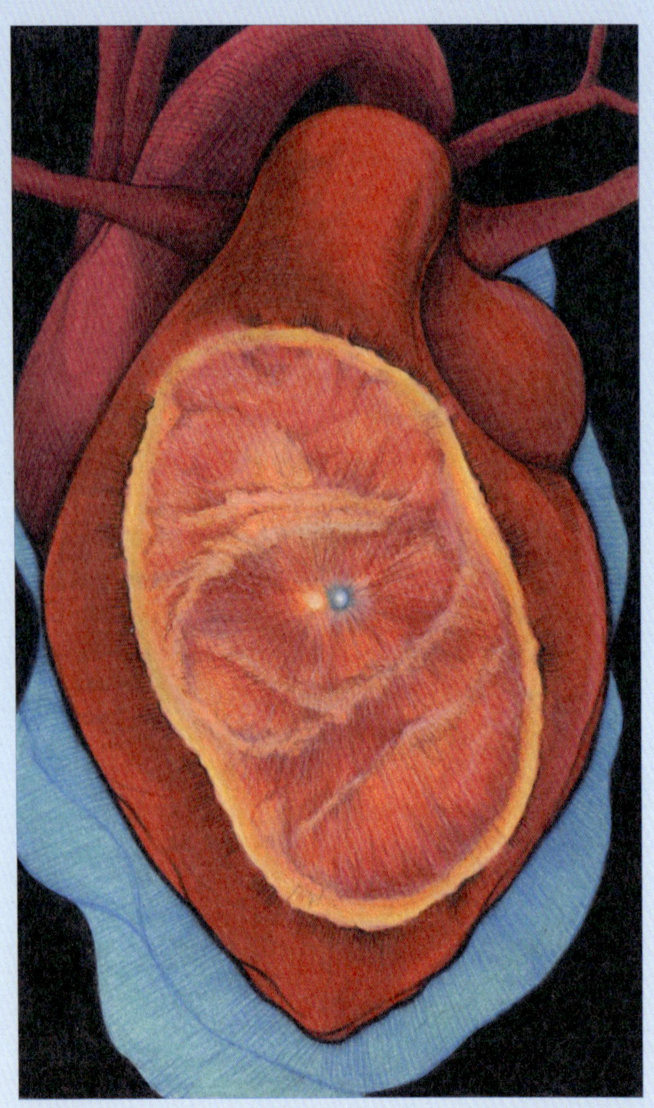

믿음이란 어리석은 자들이 세상을 보는 눈이다. 다만 시간이라는 축 위에서 어리석음은 판단된다. 개인의 자질과는 크게 관계없다. 2천년 전에는 제우스가 세상을 다스린다고 여겼고 4천년 전에는 이집트 태양신이 과거와 미래를 지배하였다. 여전히 하나님과 예수가 우주를 만들고 부처의 은덕과 미륵불의 자비를 구한다. 이승과 저승 사이에서 떠도는 존재가 일상에 미스테리를 만들고 귀신을 모르는 사람이나 코로나 보다 더 두려워한다. 하지만 시간은 지나간 믿음을 어리석음, 모자람으로 단정짓는다. 조금 부드럽게 말하면 신화 또는 원형이란 말로 마무리짓는다.

목숨과 운명과도 같던 믿음이 한낱 픽션, 잘 만든 그럴듯한 이야기로 끝나버린다. 마치 게임 속 캐릭터가 되는 기분이다. 우리는 스스로 속이는데 익숙하다. 그럴듯해 보이는 설명에 흠뻑 빠진다. 단순하게 결과를 말해주면 덜컥 믿고 만다. 몰라서 두려운 것보다 스스로 속여서 아는 것처럼 믿고 사는게 편하기 때문이다. 신들은 그렇게 소비되었다. 지금 우리는 하나님, 인격을 가진 완전체, 전지전능한 존재를 아쉬워하지만 떠나 보낼 준비를 마쳤다. 우주는 빅뱅으로 생겨났고 그 이전이란 개념은 증명하지 못한다. 우주는 차갑게 팽창하고 있으며 생명보다는 죽음이 더 익숙한 곳이다. 시간과 공간 모두 생명에게는 불친절하다. 시간이 더 흐르면 지금 우리가 맞다고 믿는게 또다른 어리석음이 될 지 모른다. 지금껏 과거를 부정하면서 과학과 문명 그리고 실존을 선명해졌으니까. 더 시간이 흐르면 시공간이란 개념, 더 나아가 우주라는 개념도 어리석음, 신화, 이야기, 믿음으로 파묻힐 지 모른다. 우리의 유전자를 물려받았지만 미래의 인류는 우리를 한껏 비웃을 테지. 어떻게 그러고 살았는지 어이없어 하면서 말이다. 제임스 웹 망원경이 찍은 사진을 천천히 살펴본다. 수십, 수천, 수억 광년 떨어진 별과 성운을 생생하게 바라본다. 우리가 태어나기 전부터 우주는 반짝이고 폭발하고 먼지를 날리며 죽어갔다. 이제서야 우리는 본 것뿐이다. 진실은 결코 시간과 미래조차 알려주지 않는다.

대학교 3학년 봄인지 여름인지 잘 기억나지 않지만 평범한 하루였습니다. 고등학교 친구들과 저녁을 먹고 나 빼고 소주를 마셨습니다. 재수해서 한 학년 아래인 친구가 대뜸 섹스해봤냐고 물었습니다. 예수님 사랑으로 가득한 자매들과 함께 있으면 나올 수 없는 질문이었습니다. 그런데 살짝 설레더군요. 그 자식은 어물어물하는 나를 보고 굳이 대답하지 않아도 된다고 손짓했습니다. 그리고는 다 안다는 듯한 표정으로 말을 건넸습니다.

괜찮아.
너도 할 수 있어.

지갑에 얼마 있어?
없으면 내가 빌려줄게.

나도 모르게 지갑을 꺼내 그에게 건넸습니다. 녀석은 얼마나 있는지 확인하고는 몇만 원을 보태 돌려주었습니다. 모르지만 설레는 순간에는 어떻게 해야 할지 몰라 가만히 있

게 됩니다. 엄마도, 플레이보이도, 뺑덕어멈도, 예수도 알려
주지 않았습니다. 그때마다 녀석들이 등장합니다.

친구라고 말하기엔 뭐한, 친구이지만 이 순간에는 쓰레기
같아 보이는 존재였습니다. 처음부터 나는 우정을 바라는
게 아니었습니다. 거울을 들여다보듯 나만 보았습니다. 그
들에 비친 나는 친구이면서 녀석이었고 쓰레기나 벌레였습
니다.

나는 입과 항문이 달린 물주머니였습니다. 언제 터질지 몰
라 몹시 조마조마합니다. 나이가 들면서 달라지는 건 주머
니 속 물이 자꾸 말라간다는 사실뿐입니다. 크고 무겁고
단단한 철문인 줄 알고 있는 힘껏 밀었는데 알고 보니 종이
로 그럴듯하게 만든 세트처럼 어이없이 부서졌
습니다. 신촌 뒷골목 모텔이었는데 보자마
자 잊어버릴 만큼 평범했습니다.

술을 끊으면서 저녁에 혼자 지내는 일이 많아졌다. 호심에서 집으로 돌아오면
간단히 저녁을 먹고 잠깐 숨을 돌린다. 밤 9시에는 운동겸 산책을 한다.
10시부터 보통 2시까지 오롯이 나와 함께 보낸다. 주로 책을 읽는다.
(유튜브도 보고 넷플릭스도 물론 봅니다만) 책은 질문을 던진다. 마치
혼자 두는 체스처럼 공격과 방어를 다른 사람이 되어 두쪽을 오간다.
질문이 많은 사람이 되고 싶은데 자꾸 결론부터 내리려고 한다. 그리고 나서
결론에 현실을 맞춰 제멋대로 재단한다. 나는 공간을 만들고 싶은건가.
시간을 누리고 싶은건가. 요즘 가장 많이 내게 던지는 질문이다. 어쩌면
결론은 이미 정해져 있는지 모르겠다. 그림을 시작하고 나서 늘
'시간이 많은 어른'이 되고 싶었으니까. 그렇다면 시간이 많다는건
무슨 뜻일까. 아무것도 하지 않는 상태를 더 늘려야 하는걸까?
어디든 너무 많이 빠져 시간을 갈아쓰지 말라는 걸까? 뭘 해도 다르지
않다는 뜻일까? 단순히 쉬고 싶은 만큼 부담 갖지 말고 늘어져 버리라는
걸까? 어제 산청 작은 책방에서 산 이바라키 노리코 시집을 호심에서
읽었다. 표지가 눈에 띄어서 샀는데 (심지어 랩핑이 되어 있었다)
…와 내가 시를 이렇게 아껴가며 맛나게 읽은 적이 또 있었나
싶었다. 예리한 칼날로 얇은 종이를 매끈하게 잘라내는 기분과
비슷했다. 자칫하면 순식간의 아픔을 채 느끼기도 전에 손끝을
베어내는, 제대로된 예리함이 주는 섬뜩함마저 느꼈다.
내가 가장 예뻤을 때 / 나는 아주 불행했다 /
나는 무척 덤벙거렸고 / 나는 너무도 쓸쓸했다.
그래서 결심했다 될수록 오래 살기로
나이 들어서 굉장히 아름다운 그림을 그린
프랑스의 루오 할아버지처럼
그렇게…
시간이 많은 어른이 되면 애써 무엇을 하려고 들지 않을거야.

운명은 저질이야

재즈 연주자 챗 베이커는 예술성과 인간성이 따로 노는 대표적인 엔터테이너입니다. 흔히 예술은 일상을 다르게 보거나 더 나은 존재로 바꾼다고 합니다. 글을 쓰고 그림 그리고 음악을 한다면 그들 자신도 예술처럼 살 거라고 여깁니다. 그런데 작가로 살다 보니 이런 태도보다는 기술이 먼저더군요. 머릿속에 떠오른 생각이나 아이디어를 읽고 보고 들을 수 있게 만드는 기술 말입니다.

요즘에는 챗GPTChat GPT나 미드저니mid journey 같은 인공지능에게 도움을 받으면 훨씬 수월합니다. 하지만 태블릿을 잡자마자 남들에게 돈 받을 만큼 만들어 내기는 어렵습니다. 나뿐 아니라 다른 작가들도 알고 있습니다. 온갖 기술로 만든 결과물에 감동할 수 있지만 나라는 존재에는 아닐 수 있다는 사실 말입니다. 짜장면 맛있다고 짜장면 만든 요리사가 인격적으로나 도덕적으로 영글었다고 믿는 거나 다름없으니까요.

따지고 보면 예술 자체도 그리 윤리적이지 않습니다. 지금껏 아는 거랑 다르거나 현실에서 벗어나는 꿈을 꿉니다. 미리 그어놓은 선이 있다면 선을 넘거나 지우려고 애씁니다.

예술은 이런 작가들이 기술과 시간을 들여 만든 결과물입
니다.

쳇 베이커는 트럼펫 연주는 물론이
고 노래도 무척 잘 했습니다. 정신
을 잃을 만큼 마약을 빨다가도 트
럼펫을 잡으면 기막히게 〈마이 퍼
니 발렌타인〉을 연주했습니다. 마
약과 술, 불륜과 폭력, 감옥과 공연장
사이를 아슬아슬하게 오가는 외줄타기
를 죽을 때까지 계속했습니다. 1988년 5월 13일 암스테르
담 호텔 2층 창밖으로 떨어져 죽었습니다. 58세였습니다.
사체에서 약물이 발견되었으며 방 안에 저항한 흔적은 없
었습니다.
같은 해 4월 독일 하노버에서 열린 콘서트가 마지막 공연
이었습니다. 이 연주는 죽은 뒤 앨범으로 발매되었습니다.
표지에는 쳇 베이커의 마지막 모습이 담겨 있습니다. 깊게
팬 주름, 헝클어지고 더러운 머리카락, 잇몸만 남아 쭈그

러진 입 주름까지. 젊은 날에는 재즈계의 제임스 딘이라고 불렸는데 흔적조차 남아있지 않습니다. 콘서트홀 관리인이 노숙인인 줄 알고 입구에서 쫓아냈다는 일화도 전해집니다.

음악을 빼고 나면 인간 쳇 베이커는 본받을 만한 구석이 거의 없습니다. 하지만 그가 부른 노래와 연주는 내 플레이리스트에 여전히 살아있습니다. 쳇 베이커는 스스로 특별하다고 여겼을까요? 자신의 음악을 무슨 운명이나 사명처럼 받아들였을까요? 어쩌다 하게 된 먹고사는 기술쯤으로 여겼을까요?

나도 어쩌다가 그림을 그리게 되었고 먹고살다 보니 꾸준히 했습니다. 글도 쓰면 좋을 것 같아서 시작했습니다. 방송 출연도 여행도 비슷합니다. 달리는 차에서 타이어를 때우고 엔진오일을 가는 것처럼 살았습니다. 운명 따위는 없습니다. 닥치는 대로 살면서 그때마다 가장 괜찮을 것 같은 선택을 했습니다. 지나간 과거를 무슨 운명이나 사명, 희생으로 묘사하는 데 몹시 역겹습니다. 뭔가 있어 보이지만 속

이 텅 비고 구린내 나는 단어니까요. 너무 저질스러워서
욕보다 더 듣기 싫습니다.

순결이란 말을 처음 만든 사람은 누굴까.
없는것에 이름을 붙인 사람
- 황인숙.〈우체통〉

사랑하기에 희생한다. 가장 먼저 아주 어릴 때 본 영화 한 장면이 떠오른다.
〈로보트 태권브이〉에서 등장한 조연인데 이름은 메리다.(로보트는 기억해도)
메리는 사실 빌런이다. 로보트를 개발한 김박사를 죽이고 조종사인 아들 훈과
싸운다. 그런데 메리는 훈을 사랑한다. 훈도 그 마음을 알고 있다. 사랑은 사랑해서
안 될 상대마저 가리지 않는다. 원수, 원수의 딸이라고 해도 사랑하는 사이란
설정이 먹힌다. Power of Love. 사랑은 당사자뿐만 아니라 객관적인
거리에 놓인 사람들마저 설득한다. 사랑은 결코 똑똑하지 않다. 설명하지
못하는 구석이 있다. 메리는 인조인간이다. 요즘 말로 하면 Ai 로봇이다.
자신을 만든 악당 카프 박사, 카프 박사의 동료인 김 박사 그리고 아들 훈.
김박사의 동료 윤박사 그리고 딸 영희. 이렇게 복잡한 관계 속에서 인간을
배운다. 그래서 조금씩 아버지(창조자) 품에서 벗어나 메리만의 정체성을
찾아간다. 결국 메리는 아버지 창조주의 명령으로 김박사를 죽인다. 김박사가
개발한 태권브이의 설계도를 훔친다. 훈이와 영희가 조종하는 태권브이에 맞서
싸운다. 그런 난리통 한가운데서 훈이를 사랑하게 된다. 훈이 역시 Ai 로봇인 줄
알면서도 냉정하게 부수지 못한다. 메리의 파괴가 곧 사랑하는 연인의 죽음이었기
때문이다. 훈이가 부수지 못한 메리는 살아남았다. 동료 로봇이 납치한
영희 아빠 윤박사를 풀어준다. 연적의 아버지를 Ai가 도운 셈이다. 그 과정에
동료 로봇을 '배신'한다. 윤 박사를 탈출시키는데 메리는 팔이 잘리는 치명상을
입는다. Ai가 창조주의 임무를 수행하다가 인간을 관계 속에서 '인간다움'을
자연스럽게 (가장 극단적인 상황 속에서) 배운다. 사랑, 호감을 배우고
흔들리는 마음을 지켜본다. 사랑 때문에 배신하고 그 댓가로 스스로 희생을
무릅쓴다. 우리가 특이점을 걱정하는 순간이 50년 가까이 된 작품에 담겨 있는
셈이다. (인터넷도 PC도 없던 시절이다) 어쩌면 관객이나 해석하는 대상이
편향된 시각으로 보기 때문일 수도 있다. 어쨌거나 초등학교 1학년 눈에 사랑해서
팔이 잘린다는 장면은 몹시 놀라웠다. 특히 메리의 잘린 팔에서 쏟아져 나오는
성냥 모양의 너덜거리는 전기 근육(!)은 지금까지 머릿속에 선명하다. 그 뒤로 메리는
어떻게 되었을까? 훈이와 영희는 그냥 조종을 함께 하는 동료일 뿐일까? 전쟁에 진
병사로 자신들을 배신한 악당으로, 적을 사랑한 악녀로 기억될 Ai 메리는 옳은 선택을
한 걸까? 인간답게 살려면 애초에 모순을 받아들이라는 Ai의 숭엄한 명령일까?
과정 없는 결론을 주워담아서 그냥 살아가는 Ai 처럼 그저 존재하라는 뜻일까?

해보니 알겠어

예수를 믿는 자매들과 어깨동무하면서 맹세한 혼전순결은 녀석들과 가위바위보를 했던 밤과 함께 사라졌습니다. 목사님이 설교할 때마다 왜 원죄를 들먹이는지 알 것 같습니다. 원죄는 네가 모르는 사이 이미 죄를 지었다는 찝찝함입니다. 하지 말라는 게 너무 많습니다. 어차피 다 지킬 수도 없습니다. 애를 써도 결국 어길 수밖에 없습니다. 죄책감은 당연합니다. 회개하고 죄를 고백하면 된다고 했지만 부끄러웠습니다. 무엇보다 똑똑하다고 믿었던 내가 녀석들에게 너도 별수 없다는 말을 듣는 게 너무 싫었습니다. 정말 하나님이 나와 우주를 만들었다면 이렇게 속이 좁을 리 없을 것 같았습니다. 욕망도 불만도 모두 그로부터 물려받은, 적어도 그가 설계한 자질일 테니까요.

거짓말처럼 그를 만났습니다. 여자사람친구가 아니라 진짜 애인이었습니다. 언제부터인지 누가 먼저인지 모르겠지만 우리는 만날 때마다 섹스를 했습니다. 캠퍼스 귀퉁이 숨은 공간, 그가 세 들어 사는 집 옥상, 지하 계단, 공중화장실까지 쉽게 할 수 없을 공간을 애써 찾아나섰습니다. 차가 있었더라면 주로 차 안에서 했을 텐데 운전면허도 없었습니다. 방법은 간단했습니다. 그저 눈에 띄면 우리 여기서도 할 수 있을까 질문을 던졌습니다. 아주 가끔 모텔을 가기도 했는데 그는 몹시 불편해했습니다. 시트며 배게며 다 더럽다는 게 이유였지만 더럽기로 따지면 공중화장실이 더 못지않았습니다.

문득 이거야말로 엄마나 빵덕어멈, 심지어 녀석들도 해보지 못했을 거란 생각이 들었습니다. 엄마는 위험하다고 동네 밖으로 나가는 것도 못 하게 했습니다. 대학에 가면 뭐든 다 할 수 있다면서 동아리는 데모하는 놈들 때문에 위험하다며 가입하지 못하게 말렸습니다. 하지만 엄마는 내가 다세대 주택 옥상에서 어두운 골목을 내려다보며 난간을 붙잡고 서로 팬티만 벗은 채 헐떡거리는 장면은 상상조차 못 했을 겁니다. 광고 전문가이며 영매였던 조앤 컬페퍼Joan Culpepper 좌우명이 떠오릅니다.

볼 수 없는 건 상상할 수 없다.
하지만 상상할 수 없으면 볼 수도 없다

그와 함께 맛본 엑스터시는 죽을 때까지 완치되지 않는 피부병처럼 몸속에 남았습니다. 엑스터시는 '내 밖에 선다'라는 고대 그리스어에서 유래합니다. 물질이 지배하는 세계, 눈에 보이는 세계를 감싸는 또 다른 세계, 요즘 말로 이세계는 존재한다는 거죠. 이세계를 내 눈과 손으로 확인하는 순간 엄청난 기쁨이 쏟아지는데 이게 바로 엑스터시입니다. 그때는 별 것 아니었습니다. 그를 만나면 헤어지기 전까지 한두 번은 꼭 느꼈으니까요. 이제는 압니다. 얼마나 드물게 찾아오는 행운이었는지. 그는 내 삶에 잊지 못할 선물을 주었습니다. 그도 나만큼 기억하고 있을지 갑자기 궁금해집니다.

우리는 정말 사랑했을까요? 손잡고 밥 먹고 책 사주고 꽃을 건네고 키스하고 지칠 때까지 성기를 만졌습니다. 하지만 누가 먼저 사랑을 고백하거나 입버릇처럼 사랑한다고 말하지 않았습니다. 그럼에도 몸속에 남은 마지막 세포 하나를 걸 만큼 확신합니다. 내가 사는 세계에 갈라진 작은 틈으로 무엇인지 모르는 세상을 함께 오래도록 엿보았습니다.

피터 노스가 날 보고 활짝 웃었어

군대를 제대하고 스물여덟에 처음으로 입사하였습니다. 일 년 뒤 LA로 첫 해외출장을 떠났습니다. 외국은 처음이었습니다. 사장님을 모시고 부장님과 함께 갔지만 설렘을 가라앉힐 수는 없었습니다. 미국에서 해마다 열리는 전시행사인 케이블TV 쇼를 찾았습니다. 그룹에서 준비하는 뉴미디어 분야 신규 아이템을 찾아보기 위해서였습니다. 사장님과 부장님은 우리나라에 가져올 만한 콘텐츠를 찾느라 몹시 분주했습니다. 사원인 나는 특별히 할 일이 없었습니다. 부장님도 눈여겨볼 만한 게 있으면 자료만 잘 챙겨오라며 크게 신경 쓰지 않았습니다.

처음 만난 미국은 풍요 그 자체였습니다. 부스는 거대했고 기념품은 넉넉했습니다. 그때 받은 근사한 낙타 인형이 아직도 내 방에 놓여 있습니다. 어떤 부스에서는 연예인이나 셀럽들이 관람객을 맞았습니다. 그런데 어디서 많이 본 남자가 서 있었습니다. 분명 영화배우는 아닌데 왜 낯이 익지 싶었습니다. 피터 노스Peter North, 성인물 전문 배우였습니다. 포르노 남성 배우는 콘텐츠 특성상 눈에 잘 띄지 않습니다. 성진국 일본에서도 여성 배우는 몇만 명인데 남자는 채 100명이 되지 않습니다. 남자는 거들 뿐입니다. 하지만 피터 노스는 존재감이 남달랐습니다. 마치 무라카미 다카시가 만든 조각처럼 정액을 한없이 뿌려댔습니다. 무라카미도 작품을 만들기 전에 피터 노스가 사정하는 장면을 보았을 거라는 합리적인 의심이 듭니다. 사정하는 장면은 절정을 느끼는 얼굴과 핏줄이 선 거대한 성기를 만지는 손을 교차편집하면서 느린 화면으로 보여주었습니다. 하얀 정액을 정원에 물 주듯이 여성들 얼굴 위로 흩뿌리는 장면은 가히 압도적이었습니다. 홀린 나머지 나도 모르게 그에게 다가갔습니다. 흑인 경비원이 점잖게 팔을 내려 막았습니다. 그리고는 커다란 손으로 공손하게 내 뒤편을 가리켰습니다. 놀랍게도 엄청난 줄이 이어져 있더군요. 더욱 놀랍게도 줄을 선 사람들은 거의 다 남자들이었습니다. 지하철에서 보고 잊어버릴 만큼 평범한 아저씨들이었습니다.

피터 노스는 무려 2,155편에 출연하였고 AVN Adult Video News 이 선정하는 명예의 전당에 올랐습니다. 아저씨들은 피터 노스의 프로필 사진을 옆구리에 끼고 차분하게 기다렸고

차례대로 그와 악수하고 사진을 찍었습니다. 케이블TV 쇼에서 여러 부스를 돌아다녔지만 가장 낯설고 충격적이었습니다. 그 뒤로 그가 출연한 영화를 몇 편 더 보았습니다. 훨씬 친해진 느낌이었고 더 이상 괴상한 서커스를 보는 기분이 들지 않았습니다.

2009년 영화 〈박쥐〉에서 주인공을 맡은 배우 송강호의 성기가 모자이크 없이 등장하기 훨씬 전이었습니다. 몇 년 전까지 그의 사진이 인쇄된 건강보조식품을 판매했습니다. 꾸준히 먹으면 그처럼 뿜어낼 수 있다고 하는데 굴 추출물, 시베리아산 인삼, 전립선 보충제, 비타민 B12 등이 들어있습니다.

내 삶에 첫번째 야한 콘텐츠는 부서지는 피리와 너덜거리는 만화였다. 6학년인가. 반항기로 가득한 친구녀석이 처음 보여주었다. 질 나쁜 종이에 벌거벗은 남녀가 뒤엉켜 있었다. 가슴은 엄청 크고 자지는 터실듯이 빳빳했다. 표지도 없이 스테이플러로 대충 고정되어 있었다. 더러운 종이 위에 인쇄된 그림인데 어지러웠다. 나중에 그 친구는 선생님한테 들켰다. 화가난 선생님은 주황색 플라스틱 통을 내리쳤고 머리에 맞아 통 속에 든 피리는 산산조각이 나서 교실바닥으로 흩어졌다. 찌릿한 현기증과 간질거리는 아랫도리, 슬로모션으로 폭발하는 하얀 리코더. 그림 속 둥그런 유두와 까맣게 뒤엉켰다. 책은 몇 년 뒤 영상으로 진화했다. 왜 그랬는지 꼭 친구들이 있었고 짜장면을 먹으면서 보았다. 브라운관 속 신음소리, 달콤하기 그지없는 엘리베이터 음악 그리고 쩝쩝거리며 면을 삼키는 순간까지 뭉뚱거려 미끄덩거렸다. 그럼에도 불구하고 혼전순결을 떠올렸다는 게 어이없다. 〈리치몬드 연애 소동〉에선 분명 극 중에서는 우리또래일텐데 섹스하고 싶어서 안달이 났다. 누구하나 책이나 영상물 따위 뒤에 숨으려고 하지 않았다. 우리 세계에서 짜장면을 먹으며 비디오를 보는 게 '현실'이었으니까. 진짜 섹스는 그때부터 이미 판타지의 영역이었다. 여자는 피비케이츠는 되어야 '진짜 섹스'가 이루어진다는 말도 안 되는 믿음이 조금씩 싹텄다. 혼전 순결. 열심히 공부 어머니 말씀 잘 듣기, 세례받기, 기도하기… 돌이켜 보면 이 정도는 갖추어야만 당당하게 피비케이츠한테 섹스를 요구할 수 있을거라 믿은 거다. 거의 40년 가까이 시간이 흘렀다. 베타, VHS, CD, DVD를 거쳐 야동파일이 되었고 품번을 공유하는 건 덕후들끼리 건네는 아름다운 호의로 여겨진다. 과연 얼마만큼의 현실에서 섹스를 하고 있을까. 한 해 한 해가 지나면서 슬슬 이것마저 '했을까'로 질문이 바뀌어간다. 나의 마지막 섹스는 누구랑 할 것인가보다 어떤 포맷일까 상상하는 게 훨씬 '현실적'이지 않을까?

어른스럽게 유흥업소로

지금이야 유흥이 드문 소도시에 살지만 20대에는 달랐습니다. 집은 조금만 가도 논밭이 보이는 변두리였지만 회사는 늘 역삼과 선릉, 논현동 어디쯤이었습니다. 큰길 양쪽 건물에는 쾌적한 사무실과 비싼 식당, 스타벅스와 회식 맛집들로 붐볐습니다. 밤이 되면 낮에는 보이지 않던 공간들이 야광 도료처럼 어둠을 에너지 삼아 반짝였습니다. 어둠이 내린 강남은 어른들이 만들어낸 또 다른 세상이었습니다. 유흥은 어른들이 즐기는 놀이였고 사업과 접대라는 이유로 합리화하였습니다. 밤이 깊도록 열심히 일(=접대)하다 보면 가끔 선을 넘기도 했습니다. 그때마다 시럽이 두툼하게 발린 도넛을 한입에 삼키는 기분이었습니다. 유흥은 죄책감이란 연료 탱크를 시간과 돈으로 가득 채운 뒤 무지막지하게 불태웠습니다. 가성비가 형편없는 놀이였습니다.

룸싸롱은 넥타이를 맨 남자들로 가득합니다. 좁은 복도를 지나 방으로 가면 묵직한 테이블 주위로 푹신한 소파가 놓여 있습니다. 종업원이 집게로 뜨거운 수건을 건네줍니다. 손과 목을 닦으면 가슴골이 드러난 옷을 입은 여성들이 들어옵니다. 함께 온 사람 숫자에 맞춰서 마음에 드는 여성을 고릅니다. 한 명씩 옆자리에 앉습니다. 진짜일 리 없는 이름으로 자기소개를 합니다. 과일을 깎고 술잔을 채웁니다. 잔을 비울 때마다 물수건으로 닦아줍니다. 과장님은 반말과 존댓말을 넘나들며 익숙하게 말을 건넵니다. 야한 농담도 아무렇지 않게 던집니다. 우리가 무슨 말을 하든지 그들은 웃어줍니다. 빈틈없이 술잔을 채우고 비우고 나면 잔을 또 부지런히 닦습니다. 그들이 우리보다 나이 많은 경우는 없습니다. 접대받는 남자들은 비슷한 환상에 사로잡힙니다. 어리고 예쁜 여자들이 여전히 우리를 매력적으로 여긴다는 확신이 방안 가득 넘실거립니다. 환상을 부추길수록 빈 술병은 늘어납니다. 유흥이 끝나면 여자들이 빠집니다. 업소 부장이 들어와 손으로 쓴 계산서를 꺼냅니다. 생각했던 것보다 훨씬 비쌉니다. 과장님과 업소 부장이 마주 앉아 담배를 핍니다. 우롱차 다섯 개 빼고. 맥주는 서비스로 하고. 팁도 깎아달라고 흥정합니다. 업소 부장은 난감한 표정을 지으며 다른 건 몰라도 팁은 못 건드린다며 실랑이를 벌입니다. 사업과 접대, 환상과 협상, 놀이와 유흥, 친절과 퇴폐를 넘나들며 어렵게 계산을 마칩니다.

유흥도 놀이고 놀이는 역할극입니다. 돈 낸 사람은 멋진 남자를 맡고 돈 받은 사람은 남자들 매력에 흠뻑 빠지는 역할을 맡습니다. 놀이가 끝나면 깔끔하게 현실로 돌아옵니다. 그런데 어떤 남자들은 돌아오지 못하고 여전히 그 방에 남아 있습니다. 몇 년 전 어느 국회의원이 위원회를 하는 도중에 여성 의원에게 '왜 웃어요. 내가 그렇게 좋아'라고 대꾸한 적이 있습니다. 놀이가 끝난 줄 모르니 부끄러움도 없는 거죠.

자꾸 섹스를 말하는데 이유가 있어요
할 만큼 하고 살았으면 안 그랬겠죠
욕망은 있는데 채워지지 않으니
결핍이 생기지 않겠어요?

생각해 보니 먼저 결핍을 느껴야
욕구가 생기는 것 같아요
욕구는 추상적이지만 결핍은 구체적이고
감각적이니까요
놀이는 충분히 만족하지 못한 것들을 적어놓은
결핍의 목록이에요
섹스도 그래서 자꾸 말하는 거에요

알았다고 했지만 하나도 몰랐어

20대가 끝날 무렵 가까스로 결혼했습니다. 아는 사장님한 테 소개를 받아 만난 지 4개월 만이었습니다. 살면서 느낀 건 아무리 오랜 시간을 함께 보내더라도 솔직하지 않으면 친해질 수 없다는 사실이었습니다. 둘 사이에는 보이지 않 지만 미끄덩거리는 막이 있었습니다. 이런 느낌을 어떻게 설명해야 할지 무척 어려웠습니다.

사랑에는 시어가 필요합니다. 말과 산문 너머에 있는 무엇. 감정이입이든 역지사지든 느낄 수 있는 말이 필요했습니 다. 하지만 그 앞에서 내가 할 수 있는 말은 '알았어' 뿐이었 습니다. 한달에 한번씩 맛있는 걸 먹고 콘서트에 가고 돈을 모아 차를 사고 넓은 집으로 이사를 해도 도무지 즐겁지 않았습니다. 섹스도 점점 미루다 보니 아예 하지 않았습니 다. 마음이 멀어져 그럴 수 있고 맞지 않아서 멀어질 수도 있습니다. 마음이든 섹스든 다른 뭐가 되었든 만족하지 못했습니다. 아예 해보 지 못한 게 있다는 걸 말로 꺼내지 못했습니 다. 그놈의 '알았어' 뿐이었읍니다.

맛있는 식사는 계속되었고 아침에 회사까지 차로 데려다

주기, 정기적으로 양쪽 부모님 만나기, 상대가 하는 일 있는 그대로 인정해 주기 같은 루틴은 5년 동안 크게 달라지지 않았습니다. 이 정도면 잘 지내는 거야, 결혼생활이 다 그렇다고 넘어갈수록 둘 사이에 미끄덩거리던 막은 벽처럼 단단해졌습니다. 단단해질수록 부서버릴 생각은 더욱 하지 못했습니다. 그저 회사에 남아 밤을 새워 일했습니다. 그래야 다음 날 아침 떳떳하게 마사지를 받을 수 있으니까요. 밤샘이라는 고통과 마사지라는 쾌락은 20대 끝자락에 배운 부끄러운 중독이었습니다.

이제는 너무 많이 써서 별다른 느낌이 없는 말이다. 워.라.밸. 단어도 단어에 담은 개념도 유효기간이 있다. 상해서 다 써서 소비되어 버린다. 일과 삶 사이 균형. 균형은 늘 뾰족하다. 불안하게 걸려있는 풍선처럼 아슬아슬하다. 안정과는 무척 거리가 멀다. 그런 말을 일과 삶 사이에 끼워넣다니. 사람 미쳐버리게 하는 말인데 웃으며 내일이라도 당장 살 수 있는 편의점 과자처럼 들먹거린다. 어쩌면 균형을 불균형을 설명하기 위해 필요한 거울 같은 단어일지 모른다. 불균형이 나쁜 게 아니다. 균형을 평범하게, 옳게, 착하게, 목표처럼 받아들이는 게 더 나쁘다. 마치 죄를 지은 사람으로 만들어야 희생과 구원이 정상이 되듯 말이다.

실제로 몸을 써보면 금방 알 수 있다. 자전거를 처음 배우던 날. 암벽 등반에서 레이백 기술을 배울 때. 파도 위에서 보드에 올라탈 때 '이건 말도 안 돼'라는 생각으로 어이없이 자빠질 게 뻔하다. 균형은 쉽지 않다. 때로는 균형 없이도 그런대로 잘 산다. 서핑을 굳이 못 배워도 인생 재미나게 사는데 별 문제없다. 불균형을 받아들이고 어정쩡하게 버티기. 균형이라는 어렵고 괴롭고 별다른 소득 (자기만족이나 패티수적인 쾌락 빼고) 없는 짓에 큰 가치를 두고 아쉬워할 필요없다. 메세지는 독이 된다. 독은 아주 조금, 필요한 순간에만 딱 써야 약이 되는 법이다. 옳다고 믿는 개념에 함부로 고개 끄덕이지 마라. 대부분 내일 죽는다는, 죽을 수도 있다는 사실 앞에서 의미를 잃고 만다. 다시 한번 말하지만 의미는 없다. 의미라는 거울 앞에 서면 내 모습은 무의미하게 보이기 마련이다. 무의미가 불균형이나 마찬가지다. 우린 그걸 초월한 존재니까.

놀이라뇨. 저는 무척 진지하거든요

아사이 료가 쓴 『정욕』에서 주인공은 물에서 성적 욕구를 느낍니다. 물에 젖은 몸을 보고 흥분하는 게 아닙니다. 물풍선이 터지거나 수도꼭지에서 쏟아지는 모습처럼 오로지 물을 보고 쾌감을 느낍니다. 설명하기 쉽지 않고 이해받기도 어렵다는 걸 압니다. 아무에게도 말하지 못한 채 남들은 모두 나와 다르다고 여깁니다. 외딴 별에서 소풍 와서 마찰력 없이 지구에 머무는 기분입니다. 여기에 남아 내일까지 살아보려는 마음이 생길 리 없습니다.

작품을 읽으며 물 성교 정도는 넘길 수 있지 않을까 싶었습니다. 그다지 역겹거나 위험해 보이지 않으니까요. 하지만 질식, 몸 단단히 묶기, 무엇이든 삼키기, 불태우기로 넘어가면 어떨까요? 오늘 밤 친구가 랩으로 알몸을 꽁꽁 싸매고 바이브레이터로 자위하고 있다면 이야기가 달라지지 않을까요?

실망시키지 않겠다는 마음이 앞섰습니다. 마치 놀이터에서 시소를 보고 양 끝이 아니라 가운데에 맞춰 앉는 듯했습니다. 오르락내리락거리며 신나게 한쪽으로 기울기보다는 균

형을 먼저 생각했습니다. 내 인생에 나는 선수가 아니라 심
판이었고 관객이었습니다. 겉모습은 나였지만 머릿속은 엄
마였습니다.

엄마가 가르쳐준 대로 따랐습니다. 위험한 일은 애써 벌이
지 않았습니다. 안 된다는 말보다 알았다는 말을 자주 했
습니다. 내가 무엇에 성욕을 느끼는지도 몰랐습니다. 그럼
에도 친구를 만나고 직장에 다니고 아내를 만나고 집을 장
만하고 월급을 받았습니다.
나의 스무 살은 미리 그어둔 선을 넘지
않은 채로 어정쩡하게 지나갔습니다.

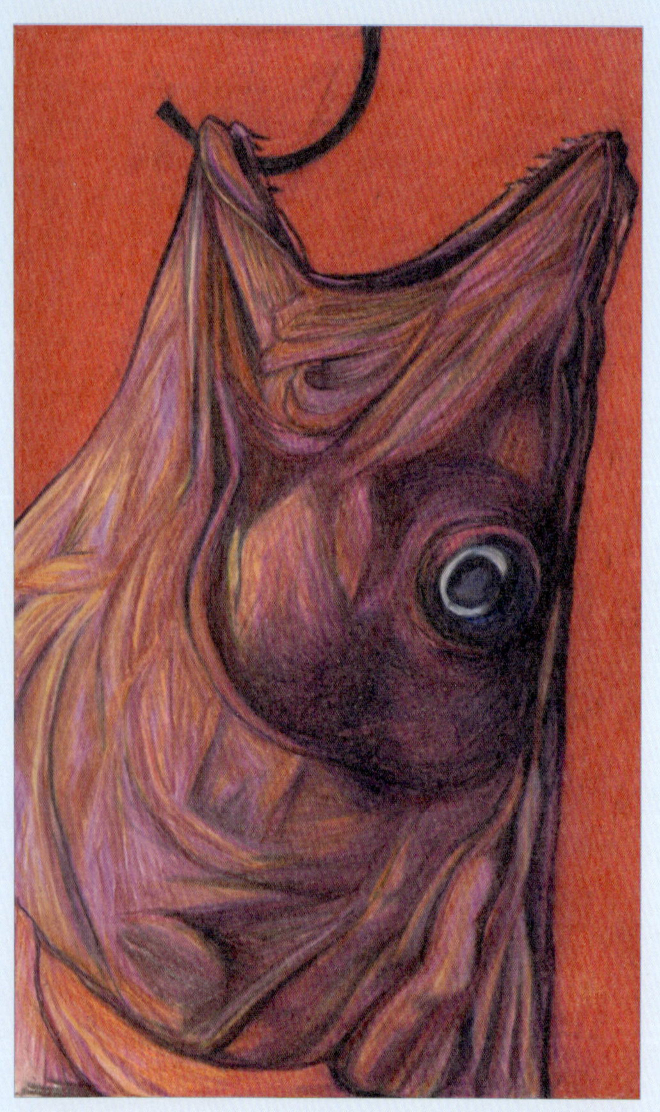

서호시장에 가면 제철이 보인다. 상점에 걸린 이미지나 거리에 선 사람들이 입은 옷 대신에 물메기와 생대구가 빨래처럼 널린다. 갓 잡은 대구에서는 물컹한 살냄새가 남아있다. 썩기 쉬운 내장은 깔끔하게 도려내어 빈 내장 뒤 붉은 살거죽에 붙은 척추가 대나무 마디처럼 선명하다. 갓 죽은 생물에게 아직 물이 남아있다. 맛있는 감각. 물컹하면서 쫄깃한 감촉은 생명의 흔적, 물기가 남은 맛이다. 야생적인 입맛에 길들여지려면 이런 '물맛'에 익숙해져야 한다. 비린내도 마찬가지다. 살아있는 건 기분좋은 쿰쿰함이 남는다. 완전히 죽어 삶의 흔적마저 지워지면 맛도 지워진다. 영양은 남아있을지 몰라도 질겅거리는 물맛, 피맛은 달아난다. 살아있다는 건 촉촉하단 뜻이다. 물은 생명을 촉진시키는 단순하지만 신비로운 물체다. 흔해 보여도 살아있는 생물이 만들어냈거나 지구 스스로 창조해내지 못했다. 천문학자들은 지구에 존재하는 물은 우주에 떠도는 소행성으로부터 왔다고 주장한다. (그 소행성에 담겨있는 물은 또 어디서 왔을까?) 우리는 물에 생명을 빚지고 있고 물은 소행성에 빚지고 있다. 분명 소행성도 무언가에 빚지고 있을거다. 물이 사라지면 생명도 사라진다. 점점 맛있게 말라가는 대구 앞에서 분홍빛으로 물든 소행성이 성긴 지구로 뛰어들 준비를 하는 모습이 떠오른다. 촉촉하지 못해 공감하지 못하고 홀로 남겨진 제 시간의 고독과 검정으로 가득한 우주에서 공전하는 볼품없는 남자도 보인다. 물이 없는, 데기 없는 행성은 늘 극단적이다. 빛이 머무는 곳은 불타고 그늘은 얼음으로 가득하다. 물은 흐른다. 어느 한쪽 편을 들지 않는다. 서로 떨어져 있는 물질을 부드럽게 녹여 섞어준다. 죽음은 물이 마지막 춤을 추는 무대다. 우리 몸은 천천히 녹는다. 녹으면서 냄새나는, 질척거리는 액체로 변한다. 천천히 물은 빠져서 결국 부스럭거리는 먼지가 된다. 그 전까지는 애써 버틴다. 그래서 늙는다는 건 제 몸이 녹아내리지 않으려 일부러 단단해지는, 역주행 같은 게 아닐까 싶다. 그나마 다행인 건 그 마지막 춤을 본인은 전혀 느끼지 못한다는 점이다. 콩만한 의식이 만약 대구 눈알에 남아있다면 썩지 않고 촉촉하게 선홍빛으로 마르는 제 몸을 보고 한없이 절망하지 않을까! 이렇게 죽는 거라면 아예 태어나지 않기를 전 우주를 걸고 빌지 않을까!

다시 골방입니다. 나는 이야기 만드는 것보다 이야기를 현실로 끌어들여 마음껏 허우적거리는 걸 좋아합니다. 해봤지만 더 하고 싶고, 못 해봤지만 정말 해보고 싶은 외롭고 꼴리는 마음을 달래주는 놀이를 떠올리며 다시 자판을 두드립니다.

얼마 전 헤어진 그가 떠오릅니다. 그는 내게 왜 사랑한다는 말을 못 하냐고 자꾸 다그쳤습니다. 나는 배운 적이 없어서 익숙하지 않다고 대꾸했습니다. 엄마는 나를 무척 사랑했지만 사랑한다고 말해준 적은 거의 없습니다. 내 동생에게도 마찬가지였습니다. 하지만 딱히 불만은 없었습니다. 내게 엄마는 한 명이고 대조군이랄 게 없으니까요. 한번은 궁금해서 엄마에게 물어보았습니다.

"엄마는 할머니한테 사랑한다는 말 들어봤어?"
"아니."
"할머니와 할아버지 사이는 어땠어?"
"좋았지."
"얼마나?"
"틈만 나면 이불 속에 있었거든."
"그래서 외삼촌과 이모가 열 명이 넘는구나."

엄마는 잠시 뜸을 들이더니 뭔가 떠오른 듯 이야기를 이어 갔습니다.

"너한테는 태어날 때부터 할머니였지만 젊을 때는 멋쟁이였어. 하이힐도 신고 화장도 많이 했어. 할아버지는 재혼이었고 할머니는 초혼이었어. 할머니가 할아버지를 더 좋아했어. 할아버지 돌아가시고 매일 콜라 한 병을 들고 묘지에 찾아갔던 기억이 나. 몇 달 동안 그랬던 것 같아."

할머니는 할아버지를 사랑한 만큼 자식들을 사랑하지 않았던 모양입니다. 끼니를 챙기고 학교를 보내는 의무는 다 했지만 틈만 나면 이불 덮고 섹스할 만큼 열정은 없었나 봅니다. 두 분 모두 딸들에게 엄했습니다. 섹스는 고사하고 남자는 아예 만나지 못하게 했습니다. 부모님 말씀 잘 따라서 엄마에게는 남자친구가 없었습니다. 연애 한번 못한 채 맞선으로 아빠를 만났습니다.

사랑은 독점입니다. 신사협정 따위 없어요. 한 사람에게 빠지면 그게 전부입니다. 할머니가 그랬으니까요. 엄마는 할머니를 보고 자랐지만, 할머니가 할아버지에게 하듯 남편에게 하지 못했습니다. 엄마는 사랑을 무척 심각하고 진지하게 여겼습니다. 평생 한두 번밖에 가질 수 없어서 함부로 건드리면 안 되는 보석이었습니다. 안전한 곳에 꽁꽁 숨겨 두고 웬만하면 꺼내지 않았습니다. 팔십 가까이 되었지만 여전합니다.

사랑을 영상으로 보여주려면 어떻게 만들까요?

박찬욱 감독의 영화 〈헤어질 결심〉이 떠오릅니다. 형사 역을 맡은 박해일이 남편 살해 용의자로 조사받는 탕웨이에게 매우 비싼 초밥 도시락을 건넵니다. 심장이 약해지면 폐에 물이 차 익사하듯이 사랑이 약해지면 내 감정 속에 잠겨 버립니다. 미친 듯이 모래를 퍼내고 구덩이에 들어앉습니다. 구덩이 속으로 바닷물이 넘치는 순간을 애써 당깁니다. 시간은 흔적을 원하지 않고 구덩이에 묻힌 당신은 사라집니다. 바다를 왜 좋아하는지도 모른 채 파도 무늬 벽지를 바라봅니다.

사랑에 익숙해지면 휘발유를 채우러 주유소에 가듯 당신에게 찾아갑니다. 살아있는 자라가 꿈틀거리는 플라스틱 봉투를 손에 듭니다. 석류청이 담긴 유리병을 옆구리에 낍니다. 자라는 당신, 석류청은 또 다른 당신을 위해서 준비합니다. 사랑이라는 의식을 끝내지 않으려고 또 다른 당신을 찾습니다. 사랑이 전부인 당신에게 사람과 사랑은 하나입니다. 사랑이 지나간 자리에는 폐허만 남습니다. 파리가 붙은 흰자위, 피처럼 죽은 사연을 흘리는 시체, 말 없는 아우성에 갇힌 사진들. 해묵은 미결 사건으로 남는다 해도 어쩔 수 없습니다. 아직 남아있는 사랑과 당신 앞에서는 아무짝에도 소용없습니다.

내게 사랑은 놀이입니다. 그래야 마음 편하게 또 할 수 있으니까요. 만약 놀이기구가 인생을 걸 만큼 대단하다면 어디 쫄려서 타겠습니까? 탈 때 재미있고 돈 아깝지 않을 만큼이면 충분합니다.

단점이라면 사랑이 지나가고 다음 사랑이 찾아오기까지 무척 괴롭다는 점입니다. 사랑하는 순간을 상상하며 글로 쓰거나 그림을 그리면 그런대로 견딜 만합니다. 영화나 리얼리티 쇼를 통해서 다른 사람이 사랑하는 걸 보면 더욱 쫄깃합니다. 비어있는 시간을 견디기 힘들어서 아예 사랑을 시작하지 않기도 합니다. 그런데 사랑하면 배우는 게 많습니다. 인지적 공감 능력, 다른 사람 입장에서 바라보는 역지사지하는 능력을 키워줍니다.

사랑 덕분에 나이 든 내 몸이 그에게 부끄러울 수 있다는 것도 알고 우머나이저가 자지보다 낫다는 걸 받아들이고 자꾸 체위를 바꾸는 것보다 발기한 자지를 보지에 넣은 채 가만히 있으면 더 느낀다는 것도 확인했습니다. 모두 나를 떠났지만 괜찮습니다. 어차피 사랑은 놀이니까요. 다음 사랑에는 배운 대로 더 재미나게 해볼 수 있으니까요. 사랑을 마구 뿜어대는 마성의 남자 피터 노스도 한마디 거듭니다.

나랑 자고 난 여성들은 최고의 선생님이었어요.

My expert teachers were women I already had sex with.

제안합니다 featuring 사샤 세이건
『우리, 이토록 작은 존재들을 위하여』

그의 사랑은 나의 사랑과 다를 수 있습니다. 너무 달라 때로는 역겹습니다. 사샤 세이건은 『코스모스』를 쓴 천문학자 칼 세이건과 <코스모스> 다큐멘터리 시리즈를 만든 앤 드루얀이 낳은 딸입니다. 그는 부모한테 사랑을 듬뿍 받았고 과학적인 태도까지 물려받았습니다. 세상을 날카롭지만 따뜻하고 조목조목 따지지만 넓게 받아들입니다. 사랑도 마찬가지입니다. 그는 금욕에서 난교까지 안 될 게 없으며 행복해지는 방법에 제약이 있다고 여기지 않습니다. 초원들쥐는 일부일처제이고 코끼리, 물범은 일부다처제이며 침팬지는 아무하고나 짝을 짓습니다. 동물들을 연구할 때는 그냥 이해하는데 사람한테는 왜 잣대를 들이대는지 모르겠습니다. 유일한 잣대라면 다치는 사람이 있냐는 정도라고 주장합니다.

예민한 곳은 즐거울 수도 간지러울 수도 아플 수도 있다. 아무렇지 않을 수는 없다. 상처는 예민하다. 조금만 건드려도 아프다. 물론 가렵기도 하고 아주 가끔 묘하게 좋을 때도 있다. (딱지가 굳기 전에 야금야금 떼어냈다가 덧나는 일. 없었는지) 하지만 결국에는 매우 아프다. 상처난 줄 아는 게 나쁜이라면 골치아프다. 평소 아무렇지 않은 곳이라고 적어도 나는 괜찮은 부위니까 하던대로 툭 건드린다. 어금니가 늙어간 사람에게 삼겹살을 권하는 거나 다름없다. 그러면 상처난 사람은 견딜 수 없을 만큼 아프다. 적어도 상대는 모르는 아픔을 견뎌야 한다. 아프다고 말하면 (참다참다) 상대는 진작 이야기하지, 몰랐다고 대꾸하면서 상처난 사람 탓을 한다. 아프다고 무조건 상대방 잘못으로 탓하기긴 어렵긴 하다. 사실. 정말 몰라서 건드렸을 수도 있고 아무런 문제가 없는 곳이라면 말이야 미안하다고 해도 쉽게 이해하거나 설득되지 않는다. 평소라면 전혀 문제가 되지 않기 때문이다. 문제란 늘 상대적이다. 잘잘못을 따진다고 아픔이 줄거나 사라지지 않는다. 공감도 어떤 경우에는 언 발에 오줌누기로 끝난다. 공감은 공감을 해주는 상대방에게 면죄부를 줄 뿐이다. 중요한 건 어찌되었건 상처를 입었다면 치료가 먼저다. 그래야 나머지 문제도 해결할 수 있다. 상처는 감추거나 눈에 띄지 않는다고 사라지지 않는다. 예민함을 감출 도리는 없다. 결국은 아프다.

상처 없이 예민한 곳도 분명 있다. 상처 = 예민함은 늘 헷갈린다. 그래서 일단 못건드리게 한다. 두렵기 때문이다. 아무것도 하지 않으면 아무 일도 일어나지 않는다(고 믿는다). 그렇지 않다. 시간의 축에 서 있는 한 어떤 존재도 부서짐과 사라짐을 피할 수 없다. 살아있다는 건 느끼는 것인데 느낄 수 있음에도 불구하고 느끼지 않으려고 한다면 존재하지 않음, 두려움의 근본에 오히려 다가서는 일이 아닐런지...

뻔한 이야기지만 좋은 건 다 비쌉니다. 집, 특히 수도권에 있는 아파트는 매우 비쌉니다. 비싼 아파트를 사려면 빚을 내는 수밖에 없습니다. 목돈 쌓일 때까지 참고 기다리다가 무슨 일이 생길지 모릅니다. 빚은 내일의 나에게 부담을 줍니다. 오늘의 내가 잘하지 못해 미안하다고 내일의 나에게 사과합니다. 죄책감을 안고 죽어간 오늘의 나'들'이 시체 더미처럼 고약한 냄새를 풍깁니다.

데라야마 슈지는 일본의 극작가, 시인, 영화감독입니다. 1983년에 죽었는데 2006년에 『책을 버리고 거리로 나가자』를 읽고 처음 알았습니다. 그는 아내가 만들어준 카레라이스 같은 집밥을 혐오했습니다. 공은 담장을 넘겨도 선수는 홈으로 돌아오는 야구를 혐오했습니다. 야구에 미친 일본 사람들을 혐오했습니다. 하지만 한여름의 뭉게구름과 깨끗한 수돗물, 잘 가꾼 공원들과 다양한 이벤트로 넘쳐나는 거대도시 도쿄를 사랑했습니다. 교외에 집을 사서 평생 매일 두 시간씩 만원

전차를 타고 출퇴근을 하느니 포르쉐를 한 대 뽑고 처절하게 버티는 게 낫다며 돈 벌어 쓰는 요령도 알려주었습니다. 바로 일점호화주의입니다.

집도, 차도, 연인도, 오마카세도, 5성급 호텔 패키지도, 해외여행도, 사랑도, 결혼도, 불륜도 마찬가지입니다. 인생에 밸런스 따위는 없으니 좋은 게 있다면 일단 올인하라고 부추깁니다.

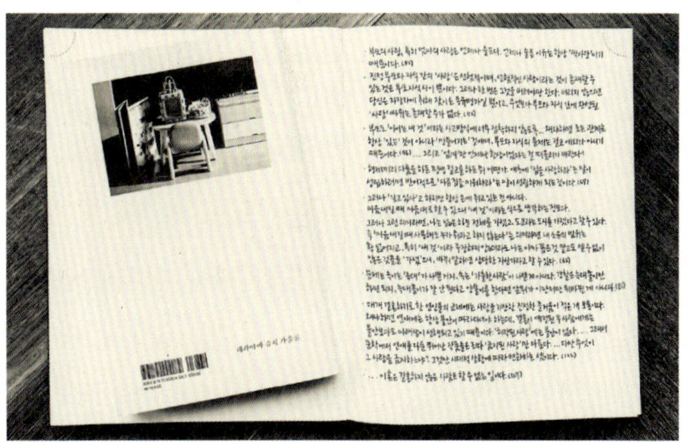

야쿠자 영화에나 나올 법한 사진 속 데라야마 슈지는 언제나 자신감이 넘칩니다. 담배를 물고 포마드 바른 머리를 천천히 뒤로 넘기며 내 뺨을 가볍게 툭툭 칩니다.

이봐 친구.

어제오늘 그리고 내일은 모두 다른 현재들이야.

나라는 존재는 말이야.

직소퍼즐처럼 여러 조각으로 흩어져 있지.

가장 가까운 현재에 앉아 하나씩 맞춰 보는 거야.

그러다 죽으면 딱 거기까지인 거지.

지금 네 앞에서 떠들어대는 나 데라야마 슈지처럼 말이야.

남겨둔 그림이 곧 나 자신이지.

정확히 말하면 나라는 개념이 되는 거지.

미완성은 없어.

애초부터 완성이라는 개념조차 없으니까.

나도 애써 맞춰 보긴 했지만 어떤 데라야마 슈지가 되었는
지 몰라.

죽어버렸으니까.

판단은 살아있는 자네 몫이야. 친구.

성공은 확률입니다. 성공하려면 노력과 더불어 운도 따라
야 합니다. 확률 자체는 누구에게나 비슷합니다. 성공 확률

에서 분자가 성공한 횟수라면 분모는 시도해본 횟수입니다. 돈은 해볼 수 있는 횟수인 분모를 늘려줍니다. 확률이 같다면 분모가 커진 만큼 분자도 같은 비율로 커집니다. 해보면 해볼수록 성공하는 횟수도 늘어납니다. 가진 자들의 마법인 기울어진 운동장은 여기에서 생겨납니다.

$$\text{성공확률} = \frac{\text{성공한 횟수}}{\text{해본 횟수}} \times 100(\%)$$

놀이는 성공보다 실패가 재미를 보장합니다. 만약 로또를 살 때마다 당첨된다면 더 이상 로또가 아니죠. 자동으로 큰 돈으로 바꿔주는 티켓에 불과합니다. 나나 당신이나 놀이에 참가한 사람 모두 똑같이 운에 좌우되어야 합니다. 누구나 똑같은 확률로 실패합니다. 그게 바로 놀이 중의 놀이라는 도박의 참맛이자 멋입니다.

내기는 새로운 부가가치를 만들지 못합니다. 내기에 걸린 돈이 다른 사람 주머니로 옮겨 다니면서 강렬한 현기증을 끌어냅니다. 대부분 잃어도 진짜 운이 좋으면 벌 수 있다는

기대와 기쁨이 전부입니다. 자칫하면 한방에 나락 간다는
긴장감이 가득할수록 쾌감도 커집니다. 내기가 거듭될수
록 시간과 가치를 한방에 날리거나 빼앗을 만큼 비싼 걸 걸
어야 합니다. 얼마나 비싼지 숫자로 가늠할 수 있다면 판을
더 키울 수 있습니다. 그게 바로 돈입니다. 돈은 잃어버리고
추락하기 위해 만든 놀이 도구입니다.

제안합니다 featuring 찰스 부코스키
『죽음을 주머니에 넣고』

미국의 시인 찰스 부코스키는 평생 돈 없이 삽니다. 막노동을 하고 죽을 만큼 술을 마시고 쉴 새 없이 여자를 만납니다. 돈이 생기면 경마장으로 달려갑니다. 인간들은 텅 비어있고 먹고사는 일은 끔찍하고 신들도 니기미, 인생이란 놀음도 니기미입니다. 하지만 글쓰기는 예외입니다. 밤마다 식탁에 앉아 타자기를 두드리고 죽기 몇 년 전에 매킨토시를 사서 키보드를 두드립니다. 몸과 마음을 오롯이 글에 맡긴 채 써갈 깁니다. 어둠 속의 어릿광대가 됩니다.

그는 묘비에 'Don't Try(애쓰지 마라)'를 새기고 떠납니다. 그는 자신의 인생에서 돈 문제는 딱 두 가지라고 고백합니다. 너무 많거나 너무 없거나.

내가 2270년에 태어난다면 21세기 대한민국 사람들을 어떻게 바라볼지 궁금합니다. 죽도록 경쟁하던 국민들이 아닐까 싶어요. 지금 여기에서 경쟁은 법을 뛰어넘는 규칙이고 따라해야 할 귀감이며 믿어 의심치 않는 종교입니다. 거의 모든 일이 벌어지는 이유이면서 결과입니다. 생각과 판단, 행동까지 사로잡는 피할 수 없는 개념인 경쟁은 놀랍게도 놀이에서 시작되었습니다. 프랑스 사상가 로제 카이와Roger Caillois는 놀이의 요소 중에서 첫 번째로 아곤Agôn을 꼽습니다.

아곤은 그리스어로 시합과 경기를 뜻합니다. 속도, 체력, 기억력 같은 한 가지 자질을 바탕으로 실력을 겨루는데, 스포츠 경기나 체스 같은 게임이 해당됩니다. 상대를 이기려면 기술이 필요하고 오랜 시간 다듬어야 합니다. 더불어 규칙과 핸디캡이 반드시 있어야 합니다. 그래야 같은 조건에서 갈고 닦은 기술을 제대로 겨룰 수 있습니다. 축구는 손을 쓰면 반칙이고 농구는 발을 쓰면 반칙입니다. 격투기는 엄격하게 체급을 나눕니다. 경쟁이라는 놀이는 인정받고 싶은 욕망에서 시작되었습니다. 보상은 참가한 사람들로부

터 가장 뛰어난 기술을 공정하게 발휘했다고 인정받는 것
입니다.

타네 하시코츠가 쓴 『세상과 나 사이』는 흑인 아버지가 아
들에게 들려주는 이야기입니다.
미국에서 유색인종으로 사는 기분을 짐작하기란 쉽지 않
습니다. 작가는 부모로부터 뭐든 두 배로 잘하고 결과는
절반만 받아들이라는 충고를 들으며 자랐습니다. 미국에
서 흑인으로 태어났기 때문입니다. 그에게 미국은 모두에
게 평등한 기회의 땅보다 백인들에게 기울어진 운동장이었

습니다. 우리에게도 비슷한 일이 벌어집니다. 흙수저, 청년, 지방, 비정규직을 받아들인 채 있는 힘껏 경쟁하라고 서슴없이 충고합니다. 노력이 부족한 게 아닙니다. 계속 진다고 죄책감 가질 필요도 없습니다. 그저 기울어진 운동장에서 맨발로, 맨손으로, 맨몸으로 죽어라고 뛰었을 뿐입니다.

처음부터 경쟁은 말이 되지 않습니다. 규칙과 핸디캡이 없으면 이기기 불가능합니다. 풀업이 된 플레이어와 맨몸으로 맞붙는 거랑 다를 바 없습니다. 심하게 말하면 대량학살입니다.

진짜 제대로 된 경쟁을 하려면 운동장부터 평평하게 다시 손봐야 합니다. 규칙과 핸디캡이 올바르게 적용되어서 어떠한 차별도 손을 쓸 수 없도록 해야 합니다. 수많은 혁명가들이 모두가 평등한 세상을 외치며 운동장을 갈아엎으려고 애썼습니다. 하지만 아직 갈 길은 무척 멉니다.

지금 우리가 맞닥뜨리는 경쟁은 인정을 바라는 놀이보다 대가를 받는 일에 가깝습니다. 일은 육체적, 정신적인 노동이며 같은 시간에 얼마나 많이 버는가로 평가합니다. 하지만 금전적인 보상이나 가성비 외에 한 가지 더 따져봐야 합니다. 같은 일이라도 내가 어떤 입장으로 하느냐에 따라 다릅니다.

생텍쥐페리는 『인간의 대지』에서 곡괭이질을 예로 듭니다. 감옥 안에서 죄수들이 하는 곡괭이질은 자존심을 무너뜨립니다. 하지만 개척자들에게는 꿈을 이루기 위해 한 삽을 보태는 값진 행위가 됩니다. 단지 '노가다'를 하기 때문에 죄수가 되는 게 아닙니다. 땅을 잘 파는 기술과 조금 더 버는 요령만 알려주거나 일하는 사람들 스스로 의미를 찾고 공동체를 만들지 못하면 곡괭이질과 일터는 노역과 감옥이 되고 맙니다.

노역과 감옥에서 빠져나오고 싶어서 나는 2003년에 퇴사했습니다. 그 뒤로 지금까지 프리랜서와 자영업자를 오가며 버팁니다. 그림 그리고 글을 쓰는 건 예술이니까 다를 줄 알았습니다. 하지만 시간을 들이고 몸을 써야 한다면 어떤 일을 하든지 모두 노동자라는 사실만 확인했습니다. 피로는 쌓이고 언제까지 버텨야 할지 가늠하기도 어렵습니다.

나도 모르게 잘 나가는 작가와 비교합니다. 내 책도 가끔 중쇄를 찍거나 클라이언트가 비싸게 그림을 맡겨 주기도 했습니다. 아무리 그림 실력이 뛰어나도 더 잘 그리는 작가는 있기 마련입니다. 게다가 정상은 좁고 가파릅니다. 오래 머물 수도 없습니다. 나이가 들수록 잘 나가는 작가와 멀어지는 게 느껴집니다.

경쟁은 중력처럼 날 자꾸 바닥으로 당깁니다. 노동에 지치고 마음까지 다치면 무기력해집니다. 아프면 친구도 부모도 위로도 열심도 다 소용없습니다. 시스템을 이기는 부품은 없습니다. 예술도 예외가 아닙니다.

잘 그린 그림을 보고 즐기면 되는데 굳이 내 작품과 비교합니다. 다른 작품이 별로라고 내 작품이 좋아지는 것도 아닌데 군티를 찾아내려고 애씁니다. 다시 그림을 재미난 놀이처럼, 크레파스를 가지고 노는 장난으로 여기면 얼마나 행복할까요? 더 잘 그리려고 하는 대신 재미나 의미를 찾아보면서 마음을 바꾸면 얼마나 홀가분할까요?

반드시 먹이사슬 꼭대기에 서야 경쟁에 이기는 게 아닙니다. 사자는 사자대로, 갈대는 갈대대로 적응하는 방식이 있습니다. 휘어지지만 부러지지 않는 개체는 어떻게든 살아남습니다. 보이지 않는 미생물이 지구를 지배하고 있다는 사실도 잊지 말아야 합니다. 거대한 숫사자 한 마리의 삶이 지구에서 태어난 모든 생명의 삶을 대변할 수 없습니다. 요컨대 경쟁이란 놀이에서 시작된, 인간이 만들어낸 개념일 뿐입니다.

제안합니다 featuring 한승태
『인간의 조건』

좆과 씨발을 빼면 대화가 이어지지 않고 좆이 180가지 용도로 사용된다는 걸 배웁니다. 작가는 꽃게잡이 배부터 돼지농장까지 몸소 일하면서 대한민국 워킹 푸어 잔혹사를 온몸으로 겪습니다. 그는 맞지 않은 일을 중간에 그만두는 사람보다 황소 심술 같은 끈기로 버티는 사람을 경멸합니다. 참고 참아서 어렵사리 한자리 꿰차는 사람일수록 너희들도 나처럼 인생을 무의미한 일에 던지며 살라고 권하기 때문입니다. 좆같이 힘든 일을 좆같은 놈들과 마주하면서 지거나 포기하고 경로를 벗어나는 게 되레 용기라는 사실을 깨닫습니다. 맞지 않은 일과 경쟁 때문에 미쳐버리는 것보다 차라리 굶는 게 더 낫기도 합니다.

영웅들은 피를 흘린다. 적들은 그보다 더 많이 흘린다. 내뿜는다. 피를 원하지 않는 영웅은 조연에 불과하다. 협상이라든가 타협, 적당한 선에서 매듭짓기 따위는 꼼수일 뿐이다. 미지근한 결과는 늘 배신자나 교활한 빌런의 몫이다. 목이 잘리거나 적어도 팔 하나 잘린다고 해서 슬퍼할 겨를이 없다. 부서져라 내딛으면서 공포를 숨기지 않고 꺼내놓는다. 영웅은 적들에게 (적으로 여기는 자) 끝이 없는 두려움이다. 손발이 잘려나가고 눈알이 빠져도 한놈을 더 죽이기 위해서라면 기꺼이 달려든다. 죽지 않는 존재는 없다는 걸 우리나 적 모두 이미 알고 있다. 그런데 피를 뿜으면서 달려드는 상대를 맞딱뜨리면 내가 아직 모르는 무언가, 빈틈이 있는 것처럼 느껴진다. 보이지 않는 죽음 뒤에 있는 무언가를 우리보다 먼저 발견한 건 아닌지, 죽어도 죽지 않는 비법을 지키고 있는지 의심하게 된다. 의심은 두려움이 되고 두려움이 클수록 상대방의 무언가는 믿음이 되어버린다. 믿음은 초월로 곧장 나아간다. 죽지 않는다라는 신념 앞에 승리할 수 있는 적은 없다. 승리는 늘 믿음의 무게만큼 이루어진다. 승리 뒤에 감추어진 피와 죽음은 용기나 믿음을 위한 희생, 순교로 승화된다. 나의 첫번째 영웅이던 마징가Z. 괴물들과 전투를 치르고 나면 팔 하나 잃는 건 예사다. (심지어 잘린 팔을 날리는 게 강력한 무기가 된다). 괴물이 강하고 많아질수록 고어영화에 가까울수록 부서지고 잘리고 터지고 흘러내린다. 나중에는 적들이 어떻게 죽는지보다 우리의 영웅 마징가가 얼마만큼 잘리고 부서질지 더 궁금해졌다. 영웅은 결코 부러운 존재가 못 된다. 우리 대신 아프고 죽고 목이 잘리는 존재다. 죽으면서 죽음 뒤에 무엇이 있는지 증명해주는 가련한 존재일 뿐이다. 우리는 영웅놀이를 할 만큼 충분히 교활하다. 중요한 꺾이지 않는 마음이라고 했던가. 영웅에게 바라는 마음은 될 수 있어도 스스로를 위한 좌우명을 될 수 없다. 우리는 여전히 죽음이 본질이며 삶과 삶을 보장하는 수많은 믿음과 약속들이 한낱 그림자에 불과하다고 너무나 잘 알기 때문이다.

네 번째. **버리기+놀이**

놀이는 가치있는 물건을 만들지 않습니다. 오히려 부수고 뒤엎어 버립니다. 당신은 어릴 때 만드는 놀이와 부수는 놀이 중에 무엇을 먼저, 더 많이 했을까요? 멀쩡한 인형의 목을 빼고 팔다리를 비틀고 TV나 라디오를 뜯고 잠자리를 잡아 대가리를 손가락으로 탁 쳐서 팅겨냈을 겁니다. 특별히 잔인해서라기보다 놀이에는 new game 처음부터 새로 시작하는 버튼이 딸려 있기 때문입니다. 힘들게 쌓은 모래성을 발로 차서 무너뜨리고 카드로 만든 집을 훅 불어 버리고 생일케이크를 얼굴에 던져버려야 놀이인 거죠. 그러면 훨씬 재미있습니다.

지금껏 내가 버린 것들이 무엇인지 떠올려 봅니다. 몇 년 전 20년 가까이 모은 책들을 한꺼번에 버렸습니다. 이사할 때마다 이삿짐센터에서 책이 너무 많다고 불평했습니다. 책이 늘어날 때마다 억지로 공간을 마련하고 새 책장을 끼워 넣었습니다. 책은 짐이었고 나도 책 속에 갇혀 지냈습니다. 책을 한꺼번에 털어버리니 해방감이 밀려 왔습니다. 옴짝달싹 못 하는 짐이 쾌활한 장난감으로 바뀌었습니다. 놀이는 자유입니다. 변덕쟁이입니다. 레고는 부술 수 있고 부수고 나서 깜쪽같이 새로 만들 수 있어서 세계적인 장난감이 되었습니다. 놀이는 순수한 소비입니다. 시간을 버리고 에너지를 버리고 재치를 버리고 솜씨를 버리고 돈을 버립니다. 모든 것에 다 때가 있다는 말에는 함정이 숨어 있습니다. 평범한 일상에도 운명적인 순간이나 평생 기억에 남을 만큼 강렬한 터닝포인트가 찾아올 거란 믿음 말입니다. 새로 시작하는 순간에는 무언가 숨겨진 드라마가 있을 거라고 믿습니다.

『토미에』, 『소용돌이』로 잘 알려진 일본 공포 만화의 거장 이토 준지는 그림 그리기 전까지는 틀니를 만드는 치과 기공사였습니다. 늦은 밤까지 치아만 만들다 보면 오래 살지 못할 것 같은 기분이 들었습니다. 만약 마흔까지 산다면 앞으로 20년이 남았는데 그리 긴 시간은 아니었습니다. 그렇다면 내가 좋아하는 걸 하고 살아도 되지 않을까 싶었습니다. 그 뒤로 만화를 그리기 시작했습니다. 하지만 기공사 일을 버리고 펜을 드는 순간 잘 나가는 미래의 내가 멀티 유니버스를 잇는 초끈을 타고 등장하거나 영험한 점쟁이가 알 듯 모를 듯한 예언을 남기고 사라지는 일은 일어나지 않았습니다.

지금 잘 나간다면 지난 일에 얼마든지 살을 붙이고 광을 낼 수 있습니다. 거짓말을 해도 잘 모릅니다. 무라카미 하루키는 진구 구장에서 외야로 날아가는 야구공을 보고 소설을 쓰기로 마음먹었다는데요. 어째 조미료 맛이 납니다. 그는 어떻게 소설을 쓰기 시작했냐는 질문을 수없이 받았을 겁니다. 그래서 소설가답게 심심한 진실 대신 듣고 싶은 대로 꾸며낸 건지도 모릅니다. '이 정도면 알아들을 법한데, 이거 다 구라야.'

시작하는 순간이 그리 드라마틱하지 않은 것처럼 물러날 때도 비슷합니다. 축구도사 메시도, 최고의 골잡이 해리 케인도 경기가 풀리지 않으면 곧바로 교체됩니다. 아무리 재미나는 경기라도 전후반 90분 안에 끝납니다. 연장이라고 해야 30분이 더 추가될 뿐입니다. 아무리 축구가 좋아도, 컨디션이 최고라도 두 경기, 세 경기를 연달아 뛰면 몸이 망

가집니다. 감독과 코치들이 먼저 나서서 말릴 겁니다. 그런데 왜 내가 하는 일에 대해서는 교체나 물러남을 염두에 두지 않는 걸까요? 마냥 끝까지 남는 게 열심이고 노력이고 나의 가치를 증명하는 일이 될 수 없습니다.

운명은 모든 게 다 지나간 뒤에 덧붙이는 헌사나 오마주입니다. 불쑥 마음이 움직이면 지금까지 보낸 시간이나 흔적에 아랑곳하지 않고 비닐봉투에 쓸어 담아 버리면 됩니다. new game 버튼을 누르는 데 죄책감을 갖지 않아도 됩니다. '이래서 되겠어?' 따위 주변 사람들의 염려 섞인 말에 흔들릴 필요도 없습니다. 당신이나 나나 운명을 믿고 싶고 변화가 두렵습니다. 하지만 절벽 끝에 서야 하는 순간이 찾아옵니다. '거봐. 내가 떨어진다고 했잖아' 따위는 도움이 되지 못합니다. 중요한 건 내 등에 날개가 붙어 있냐, 그래서 날 수 있냐 없냐 뿐입니다. 절벽을 박차고 뛰어내려 확인하는 수밖에 없습니다. 남 이야기를 들어서 살거나 안 들어서 죽는 게 아닙니다. 때로는 이력서도 버리고 왕년도 버려야 합니다. 낡아빠진 과거는 되레 덫처럼 날카로운 이빨이 되어 발목을 파고듭니다. 확인할 기회조차 잃어버립니다.

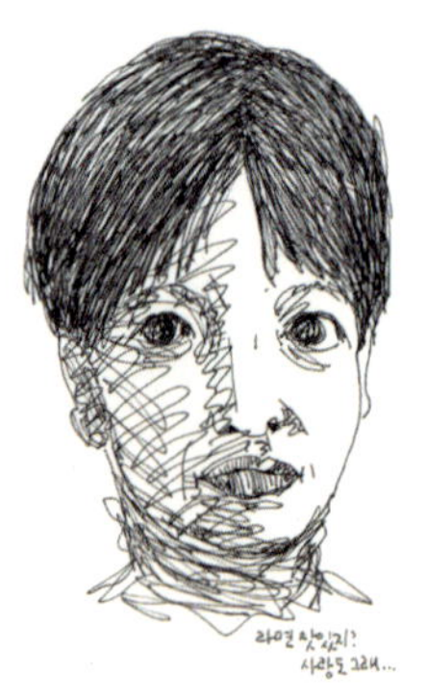

제안합니다 featuring 서한나
『사랑의 은어』

멋진 단어일수록 무겁고 무섭습니다. 이런 단어마다 놀이를 붙이면 훨씬 홀가분해집니다. 사랑도 무겁고 무섭습니다. 뒤에 놀이라는 말을 붙이듯이 작가는 앞에 '안'을 붙입니다. '안' 사랑하는 사람이랑 잘 때 무서울 만큼 좋습니다. 뭘 같이 '안' 하니까 몸이 가볍습니다. 바라는 것은 그저 아래를 만져달라는 정도고 그 애의 팔이 떨어져 나갈까 걱정하지 않으니까 계속해, 빼지 마 같은 말을 잘 합니다. 1분 만에 기분 좋게 해 줘야 한다는 조급증에 시달리지 않기에 더 기분 좋게 해줄 수 있습니다. 버리면 가볍고 가벼울수록 놀이가 되고 놀면 놀수록 황홀해집니다.

더 큰 어려움을 일부러 맞닥뜨리고 극복하려는 것도 놀이입니다. 그런데,

장애물이라고 꼭 뛰어넘어야 하나요?
뛰어넘는 대신 옆구르기는 어떨까요?

얼마 전 정재승, 이명현, 이정모, 이권우 북토크 행사에서 사회를 보았습니다. 행사 전에 잠깐 시간이 나서 커피를 홀짝거리며 수다를 떨었습니다. 뇌 과학자인 정 교수는 인공지능에도 무척 관심이 높았습니다. AI가 얼마나 인간과 비슷할 수 있을까,라는 질문도 중요하지만 실제로는 이런 질문이 더 와닿을 거라면서 예를 들었습니다. 만약 번역을 맡기는데 비싼 번역료를 주고 최고의 번역가를 부를 건지 아니면 80퍼센트 정도 수준이지만 무료 서비스를 선택할 건지 물어보았습니다.

7,000원짜리 스페셜티 커피와 2,000원짜리 메가커피 아이스 아메리카노 중에서 고르는 것과 비슷합니다. 한두 번은 몰라도 무료 서비스와 저렴한 가격을 이기기는 어렵습니다.

게다가 시간은 언제나 기술 편입니다. 이야기를 들으며 궁금해졌습니다.

"분야는 다르지만 제가 하는 일이 번역하고 비슷해요. 요즘엔 명령어만 넣으면 AI가 바로 그림을 그려줘요. 최고는 아니지만요. 그런데 제 작품도 최고보다 80퍼센트 쪽에 가깝거든요. 하루가 다르게 치고 올라오는 젊고 어린 친구들을 보면 더 그렇구요. 저 같은 사람은 뭘 어떻게 해야 할까요?"

정 교수는 어깨를 가볍게 으쓱거리며 대답했습니다.

"음. 할 수 없죠. 뭐."

달리 대꾸할 말이 생각나지 않아서 바닥에 남은 아이스 아메리카노만 마저 빨았습니다. 비슷한 또래하고 경쟁해서 여기까지 왔고 몇 년 전부터 젊은 친구들의 거센 도전에 맞서 한번 맞짱 뜨려고 단단히 마음먹었는데 인공지능이라니요. 산 넘어 산이 아니라 화성 정도를 가야 할 기분입니다.

공부하라.

노력하라.

재능을 찾아라.

끝까지 버텨라.

참아라.

지금껏 흔히 들었던 처방입니다. 과연 AI 시대에도 이런 게 통할까요?

더 공부해라.

더 노력해라.

더 재능을 찾아라.

더 끝까지 버텨라.

더 참아라.

잠깐만요. '더'는요 인공지능이 비교할 수 없을 만큼 잘 하는 영역이잖아요. 개인이 '더'로 장애물을 뛰어넘는 시대는 끝난 게 아닐까요?

인공지능은 빅 데이터에서 배우고 나 같은 인간은 학교에서 배웁니다. 학교는 처음 어떻게 생겼을까요? 일하는 시민, 자본주의에 걸맞은 노동력을 양성하는 데 목적을 두었습니다. 부모들이 마음 편하게 공장에서 일할 수 있도록 아이들을 가두는 곳이었습니다. 학교가 교도소나 군부대를 닮은 건 우연이 아닙니다. 대량생산, 대량소비 시대에 시민의 덕목은 준법정신이었습니다. 정해진 선을 넘지 않는 태도부터 배웠습니다. 모가 나면 깎고 모자라면 덧대어 붕어빵처럼 말 잘 듣는 시민을 찍어냈습니다. 특강을 하려고 중고등학교 교실에 들어가면 내가 다닐 때랑 크게 다르지 않다는 인상을 받습니다. 비록 천정형 에어컨이 달리고 높낮이를 조절할 수 있는 책상이 놓이고 전자칠판이 설치되어 있지만, 교탁은 하나, 책상은 여러 개, 선생님이 앞에서 가르치고 나머지 학생들이 앉아서 배우는 방식은 여전합니다.

우리나라 어린이들에게 산을 그리라고 하면 어떻게 그릴까요? 당신과 마찬가지로 뾰족하게 그립니다. 하지만 호주에 사는 어린이들은 전혀 다르게 그립니다.

몇 년 전 40일 동안 캠퍼밴을 끌고 14,000킬로미터를 달리
며 호주를 여행했습니다. 호주 어린이들이 왜 그렇게 그렸
는지 알겠더군요. 호주에 있는 산이 정말 그렇게 생겼습니
다! 우리가 정답이라고 여기는 상식이나 개념은 조금만 옆
으로 비껴도 달라집니다. 산은 뾰족하기도 평평하기도 합
니다. 우리가 뛰어넘어야 한다고 믿는 경계나 장애물도 알
고 보면 적은 양의 데이터를 바탕으로 우리 스스로 가로막
은 개념에 불과할지도 모릅니다.

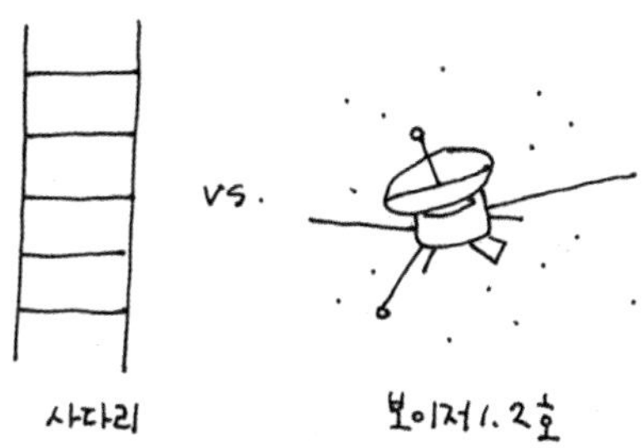

머릿속 장애물을 구체적으로 그려봅니다. 사다리나 계단을 오르는 이미지가 떠오릅니다. 넓은 우주를 한없이 떠도는 보이저 1호도 보입니다. 내 앞의 장애물은 높이보다 넓이입니다. 중력을 거스르며 위로 올라가는 대신 가 보지 못한 공간과 겪어보지 못한 시간으로 반경을 넓혀갑니다.

더 이상 '더'가 통하지 않으면 학교도 달라져야 합니다. 선생님과 학생으로 나뉘는 장소에서 벗어나 스스로 관계를 만들면서 호기심을 채우는 놀이터가 되면 어떨까요. 기술과 네트워크의 도움을 받으면 전 세계 또래들과 교류할 수 있습니다. 지식보다 근육과 몸, 산뜻한 마음을 챙기는데 예산을 더 씁니다. 학교마다 의무적으로 수영장을 만들어서 대한민국 어린이들은 무조건 물에 뜨게 만듭니다. 물놀이는 어른이 되어서도 쉽게 친구를 사귈 수 있는 최고의 놀이입니다. 교복은 학교 밖에서 입고 학교 안에서는 아무렇게나 입습니다. 학교를 둘러싼 담장은 끝없는 호기심과 자유로운 시도를 지켜주는 성벽이 됩니다. 교복은 학교 밖에서 학생들을 지켜주는 방탄복이 됩니다. 학교가 교사와 학생, 가르치는 사람과 배우는 사람, 청소년과 어른처럼 선을 긋

는 역할에서 벗어나 스스로 관계를 만드는 놀이터로 바뀌
는 모습을 상상해 봅니다. 아무리 왕년에 큰 역할을 하면
뭐 합니까. 지금 앞길을 가로막는 걸림돌이 된다면 쫄지 말
고 한 방에 때려 부숴야 합니다. 멋진 어른이라면 망치로 얻
어맞기 전에 미리 물러날 줄 알아야 하구요.

제안합니다 featuring 이치카와 사오
『헌치백』

장애물은 주로 외부에 있다고 여깁니다. 하지만 내 몸이 장애물인 사람도 있습니다. 일본 작가 이치카와 사오는 중증 장애를 겪으면서 『헌치백』이라는 소설을 썼습니다. 중증이란 혼자서는 의식주를 해결하기 어렵다는 뜻입니다. 소설 속 주인공도 작가와 비슷한 장애를 겪습니다. 그의 꿈은 놀랍게도 임신과 중절입니다. 등뼈가 S자로 휘어서 심폐기능이 약하고 근육도 부족합니다. 움직이는 게 힘들다 보니 대부분 집안에 박혀 전자책을 읽거나 글을 쓰며 지냅니다. '다시 태어난다면 고급 창부가 되고 싶다.' 그에게도 욕구가 있습니다. 그게 얼마나 비현실적인지도 잘 압니다. 생식 기능에는 문제가 없지만, 몸속 태아가 잘 자라지 못하고 출산도 버틸 수 없습니다. 아이를 키우기도 힘듭니다. 그래서 임신하고 중절해 보는 게 꿈입니다. 지겹게 하는 말인데 누구나 꿈이 있습니다. 그런데 장애 때문에 안 된다, '현실적'으로 불가능하다고 쉽게 평가합니다. 당연한 이야기에 놀라는 내가 더 놀랍습니다. 꿈에는 기준이나 잣대 따위 없습니다.

통영에서 D를 만났습니다. 지난 봄 오로라와 개기일식을 보러 캐나다와 미국에 다녀왔다고 합니다. 십대인 딸 셋과 함께 갔는데 비용이 얼마나 들었는지 궁금했습니다. 요즘 달러가 워낙 비싼 데다가 물가까지 높아서 경비가 장난 아닐 거라고 짐작했습니다. 한 명당 600만 원, 네 명이니까 총 2,400만 원이 들었다며 웃었습니다. 열흘 남짓 다녀왔는데 중고차 한 대 값은 날린(?) 셈입니다. 좋았냐는 말 대신 나도 모르게 괜찮냐고 물었습니다. 그는 딸들에게 엄청난 동기부여가 되었다고 대답하였습니다. 청소년들은 아무래도 돈에 대한 개념이 부족할 수밖에 없습니다. 직접 돈을 버는 경우도 드물고 번다고 해도 생활비, 학원비 같은 큰돈은 부모가 내다보니 씀씀이를 가늠하는 단위도 작습니다. 그런 딸들이 어른이 되어서 오로라를 또 보러 오겠다며, 엄마 몫까지 벌어서 오겠다며 각오를 다졌다고 합니다. '왜 돈을 벌어야 하지?', '돈이 왜 좋은 거지?'에 대한 나름대로 대답을 찾은 거죠. 오로라랑 개기일식은 인당 600만 원짜리(?)이니까요. 앞으로 딸들과 다툴 때마다 '우리 딸, 인생 최고의 이벤트를 누가 선물했더라'라고 대꾸하면 입을 삐죽거리며 제 방으로 돌아가지 않을까 싶습니다. 생색은 이렇게 내는 겁니다. 평생 우려먹는데 6백만 원이면 꽤 괜찮은 거래입니다.

오로라는 아직이지만 개기일식은 보았습니다. 2019년 칠레 휴양도시 라 세레나에서 검게 빛나는 태양을 맨눈으로 보았습니다. 달그림자 속으로 태양이 완전히 숨는 시간은 2분 길어야 5분 남짓입니다. 개기일식 전후로 부분일식이 벌어지는데 특수한 필름으로 보아야 눈이 상하지 않습니다. 개기일식이 벌어지는 동안에는 맨눈으로 볼 수 있습니다. 뭐랄까. 다이아몬드가 반짝거린다고 할까요. 마치 엄청나

게 비싸고 호사스러운 검은 샹들리에가 온 지구에 마법을
쏟아내는 기분이 듭니다.

오로라나 개기일식을 보지 않아도 사는 데 지장 없습니다.
하지만 사는 데 지장 없는 게 살아가는 목표는 아닐 겁니
다. 경쟁하고 애쓰며 버티는 데는 그만한 목적이나 의미가
있어야 합니다.

그렇다면 아주 드물더라도 놀랍도록 황홀한 이벤트가 필
요합니다. 삼시 세끼 모두 오마카세로 먹으려는 사람은 거
의 없을 겁니다. 한번 먹어봤다, 세상에 이렇게 호사스러운
한 끼도 있구나 정도로 충분합니다. 만약 날마다 개기일식
이 벌어지고 매끼마다 오마카세로 먹는다는 어떤 기분일까
요? 영화 〈트랜스포머〉가 떠오릅니다. 온갖 자동차들이 로
봇으로 변신하며 끝없이 싸웁니다. 영화는 특수효과로 시
작해 특수효과로 끝나다 보니 더 이상 특수해 보이지 않습
니다. 후속편으로 갈수록 더 쎈 장면을 보여주려고 특수,
특수, 특수. 이를 악물고 특수효과에 집착합니다. 옵티머스
가 차르륵거리면서 변신하는 모습도 한두 번 넘게 보면 지
루해집니다. 실제로 1편을 빼고 2편부터는 영화를 보면서

잤습니다.

이벤트는 기대와 예상이 적을수록, 기대보다 예상이 적을수록 더욱 효과적입니다. 멋진 이벤트가 되려면 했던 걸 반복하지 않고, 아예 모르거나 알아도 별다른 기대가 없으며, 상대방이 예상한 대로 흘러가지 않아야 합니다. 아무도 다치지 않는 안전한 범위에서 압도적인 규모로 펼쳐진다면 앞서 말한 세 가지를 훌쩍 뛰어넘을 수 있습니다. 오로라와 개기일식을 지상 최고의 이벤트로 꼽는 건 바로 이런 이유 때문입니다.

여행작가로 살면서 전 세계를 돌아다니며 많은 곳을 보았습니다. 백두산 높이에 자리잡은 잉카의 도시 유적 마추픽추에 오르고, 노을에 붉게 물든 울룰루를 마주하고, 땀 냄새 가득한 피라미드 밀실에 들어가고, 신비의 섬 이스터에서 모아이를 만나고, 세상에서 가장 깊은 바이칼 호수를 건너고, 페리토 모레노에서 무너져내리는 빙하 소리에 놀라고, 씩씩거리며 유황 섞인 증기를 뿜어내는 인도네시아 화

산에서 밤을 지새고, 네팔 사람들이 신성하게 여기는 산 마차푸차레를 바라보고, 위대한 물이 쏟아지는 이구아수 폭포 속으로 들어가고, 배달의 민족을 상징하는 백두산 정상을 밟고, 만리장성을 따라 걷고, 거대한 열대 교목이 뒤엉킨 따프롬 사원에서 압사라를 만지고, 인도네시아 밀림에서 오랑우탄을 만나서 팔짱을 끼고 산책했습니다. 베를린 브란덴부르크 문에 서서 통일을 꿈꾸고, 19세기부터 지어서 2026년에 기어이 완성될 사그라다 파밀리아를 둘러보고, 인류 지성을 꽃피운 아테네 아크로폴리스가 보이는 숙소에 묵고, 휴전선을 가로질러 개성에 도착해 누워있는 여성을 닮은 송악산도 보았습니다.

모두 버킷리스트에 담을 만큼 유명하지만 실제로 만나는 순간에는 뭔가 빠진 듯한, 조금은 아쉬운 기분이 들었습니다. 꼭 보겠다는 갈망을 느끼며 오래도록 마음속에 간직한 곳인데도 말이죠.

하지만 막상 그곳에 서 보니 신비로운 분위기보다는 나와 똑같은 기대를 품고 여기까지 온 사람들의 뒤통수만 가득했습니다. 어떤 이유든 하나둘씩 사람들이 모이면 명소가 됩니다. 명소가 되고 나면 관광산업의 몫으로 넘어갑니다. 장소는 소비할 대상으로 바뀌고 여느 관광지와 비슷해집니다. 비슷한 카페와 식당, 비싼 티켓을 파는 매표소, 주차장에 가득 찬 버스, 깃발을 들고 자기 손님부터 챙기는 가이드, 조잡한 기념품을 파는 잡상인, 셀카 찍기에 바쁜 관광객과 고프로를 붙잡고 혼자 떠들어대는 유튜버까지 어딜 가나 똑같습니다. 결국에는 나도 거기 가봤다는 경험만이 뭔가 빠진 듯한 아쉬움을 달래줍니다. 루브르 박물관에 걸린 진품 〈모나리자〉를 볼 때처럼 말이죠. 그래서 언제나 거기에 있는 건축물이나 명소보다는 그때가 아니면 사라지는 우주적인 이벤트를 권하고 싶습니다. 하늘을 가득 채우며 엄청나게 벌어지면서 흔적없이 사라지는 오로라와 개기일식은 좀처럼 진부해지지 않습니다.

제안합니다. featuring 후지와라 신야
『동양방랑』

지금이야 일본인보다 우리가 훨씬 해외여행을 많이 가지만 1980년대만 하더라도 일본인들이 해외여행을 이끌 만큼 압도적이었습니다. 이런 붐이 일어나는 데는 작가 후지와라 신야도 단단히 한몫했습니다. 패키지 여행상품이 보장하는 잘 짜인 일정, 맛있는 식사와 볼거리, 편안한 숙소를 버리고 나 홀로 날 것 가득한 거리를 쏘다니며 길 위에 사는 사람들을 만납니다. 건조하고 척박한 티베트 고원에 자리잡은 사원으로 갑니다. 무언가 느껴보려고 수도승과 함께 똥덩어리처럼 생긴 죽을 먹으며 버팁니다. 그러다 무시무시하도록 투명한 감청색 하늘을 바라봅니다. 아무리 아름다운 하늘을 보더라도 탁하고 불완전한 하늘로 보일 수밖에 없을 거라며 탄식합니다. 압도적인 아름다움은 가끔 예상하지 못한 악몽으로 되돌아옵니다.

일러스트레이션 일을 그만두기로 마음먹는다. 더 이상 재미있거나 의미있다고 느끼지 못하니까 시간이 흐르면 달라질 거라 믿었다. 하지만 무슨 일이든지 인건비를 바탕으로 한다면 무척 어렵게 오른다는 것쯤을 진작 알아차렸어야 했다. 게다가 명령어를 넣고 원하는 그림으로 입맛에 맞게 수십 장의 시안을 건네는 일은 몇 년 남지 않았다. Ai가 너무 잘한다. 창의적인 일은 못한다는 믿음은 딥러닝 과정을 조금이라도 이해한다면 금세 바뀔 것이다. 낯선 것끼리 연결은 그야말로 Ai가 가장 잘하는 일이니까. 그래서 '일'이라는 개념에서 벗어나 그려보려고 한다. Ai가 절대로 하지 못하는 게 있다면, 과정을 즐기는 재미다. 무언가 하면서 만족하는 마음이다. 결과의 양이나 질로는 결코 가늠할 수 없다. 나는 감히 가장 '인간적인 부분'이라고 말하고 싶다.

어찌 보면 자그마한 선언일테지만, 누군가에게는 불편하고 내게는 지금까지 돈을 벌었던 일이 주는 셈이지만 마음과 기술을 거스를 수는 없는 노릇이다. 오늘부터 하고 싶은 그림을 그리면서 그림이 마무리되는 순간, 색연필을 고르고 연필깎기를 천천히 돌리고 검정색으로 두툼하게 배경을 올리는 시간을 즐기려고 한다. 나는 그림으로 전도한다. 내 믿음을 스스로 증명한다. 일의 시대는 끝나고 과정의 순간만 남았다고. 목표와 결과는 모두 돈과 Ai의 몫이 된다. 죽음 뒤란 표현은 모순이다. 마치 빅뱅 이전을 묻는 것처럼 말이다. 그래서 노부부가 한 상에서 힘겹게 수저를 입으로 옮기는 모습을 떠올렸다. 살아있는 징후는 숟가락질이다. 제 손으로 제 숟가락을 입에 가져다줄 수 있다면 다 괜찮다. 그게 아니라면 아무것도 의미가 없다. 오늘 뭐 먹지를 떠올리며 배민 어플을 만지작거린다면 삶의 절반 이상을 즐기는 거나 다름없다. 먹지 못하는 게 하나둘씩 늘어날수록 제 숟가락은 점점 제 입에서 멀어진다. 일도 일이 가지는 의미도 마찬가지다. 살아있으니 일인 거다. 그런데 일에서 멀어져야 살 수 있는 낯선 시대가 코앞이다. 열심히, 목표달성, 의미, 성과는 Ai 덕분에 인간에게 쓰기 멋쩍은 단어가 되었다. 아예 이기지 못할 게임이라도 의미가 있는 건 매우 낮지만 이예 없지 않은 확률 때문이리라. 하지만 그마저 없다면 미련없이 다른 길을 나서는 게 옳다. 옳다고 믿는다. 그게 내 믿음이다.

넷플릭스에서 영화 〈센 강에서〉를 보았습니다. 괴물로 변해버린 악어 떼가 도시로 흘러들어와 사람들을 공포로 몰아넣는다는 익숙한 전개였습니다. 악어 떼는 프랑스 파리의 센 강을 오르내리며 사람들을 괴롭힙니다. 파리를 가로지르는 강줄기를 따라 루브르 박물관, 노트르담 대성당, 에펠탑 등이 모여 있어 센 강은 파리의 낭만과 사랑을 상징합니다. 2024년 파리 올림픽의 주요 무대였습니다. 올림픽에 참가한 선수들이 수영 경기를 치를 수 있도록 2015년부터 15억 유로, 우리 돈으로 2조 원을 쏟아부어 강물을 정화하고 주변 환경도 개선하였습니다. 그런데 영화는 파리 올림픽 오픈워터 스위밍 대회를 무대로 악어 떼를 풀어놓습니다. 선수들을 물어뜯는 것도 모자라 다리와 건물을 부수고 강물이 넘쳐 파리를 (똥)물바다로 만들어 버립니다. 게다가 이 영화는 올림픽이 열리기 불과 몇 달 전에 개봉했습니다.

열대야로 새벽까지 뒤척이면서 파리 올림픽 개막식을 아이패드로 보았습니다. 잠깐 보다가 나중에 유튜브로 하이라이트만 따로 볼 생각이었는데 밤새도록 끝까지 보았습니다. 다섯 시간 내내 센 강은 놀이 터였습니다. 올림픽이 메인스타디움과 몇몇 경기장에서 열리는 스포츠 행사라는 틀을 비웃기라도 하듯 그야말로 날뛰었습니다. 마리 앙투아네트가 잘린 목을 들고 피를 흘리며 노래를 부르고 수염 난 남자가 짙은 화장에 코르셋을 입고 춤을 춥니다. 우리나라 중계진들은 LGBTQ에 관련된 이야기를 아예 못 꺼내고 그저 참 다양하다는 소리만 되풀이합니다. 프랑스 대통령을 비롯한 VIP들과 비싼 입장료를 낸 관객들은 지붕이 없어서 비를 쫄딱 맞습니다. 게다가 파리 곳곳에서 정신없이 이벤트가 열리는 터라 뭐가 어떻게 돌아가는지 제대로 알 수도 없을 겁니다. 반면에 전 세계 시청자들은 수백 대의 카메라와 드론을 동원해 실시간으로 찍은 영상과 미리 찍어둔 영상까지 집 안에서 맥주를 홀짝거리면서 편안하게 봅니다. 빗줄기가 지단의 민머리를 적시고 관객들을 우왕좌왕하게 만드는 짓궂은 파리의 신이 된 듯한 기분마저 듭니다. 나처럼 방구석에 누워 스마트폰으

로 보는 평범한 사람들이 오히려 더 실감나게 즐기는 새로
운 평범함을 선보입니다.

프랑스는 영화를 통해 센 강을 괴물 악어 떼가 살육 잔치를
벌이는 난장판으로 만듭니다. 개막식을 벌거벗은 디오니소
스가 흥얼거리며 노래하는 미치광이 잔치로 바꿔버립니다.
2028년에는 로스앤젤레스, 2032년에는 호주 브리즈번에 올
림픽이 열리는데 다시 스타디움에 열리는 스포츠 행사로 되
돌아갈지 궁금합니다.

다 벗고 있다면
전쟁이 있을까요?
총을 숨길 수 있을까요?

태어날 때처럼 살아요
벗은 그대로
그저 다 벗은 그대로

지금 대한민국에서 평범함의 반대말은 특별함보다 균형에
가깝습니다. 평범한 사람들은 휴식을 버리고 잠을 줄이면

서 더 공부하고 더 일합니다. 아침밥을 걸러 가며 지하철에 몸을 싣습니다. 근육량을 늘리려고 탄수화물과 지방을 포기합니다. 제대로 차려 먹는 게 귀찮아 짜고 단 음식을 배달합니다. 대한민국에서 평범하게 사는 사람들은 아이러니하게도 모두 특별합니다. 평범이란 단어는 노력하지 않거나 변화를 두려워한다는 뜻으로 받아들입니다. 그러다 보니 나는 특별하다, 너도 특별하다며 서로 부추깁니다. 학교에서는 우리 모두 특별해야 한다고 가르칩니다. 1980, 1990년대까지는 〈달동네〉, 〈전원일기〉처럼 보통사람들의 일상을 묘사하는 드라마가 많았습니다. 예능 프로그램에서도 보통사람들이 자주 등장했습니다. 요즘 드라마는 시간을 거슬러 가거나 몸이 뒤바뀌거나 우주에서 날아옵니다. 서민부자는 되어야 예능에 출연할 수 있습니다. 언제부터인가 미디어는 일상을 무시하는 판타지로 가득합니다.

네가 나랑 비슷하다고 여기면 자존심이 상합니다. 역겨워합니다. 다른 사람과 달라지려고 덜 쉬고 덜 자고 덜 먹고 덜 놉니다. 특별해지려고 스스로 균형을 무너뜨립니다. 특별함이란 불균형입니다. 하지만 우리 몸속에는 저울이 달려 있습니다. 누구나 견딜 수 있는 한계는 있기 마련이고 대부분 비슷합니다. 영성가이자 수도자인 토머스 머튼은 행복은 다른 이들과 다르지 않다는 데서 온다고 합니다. 남보다 낫다는 우월감과 남들과 다르다는 독자성이 성공이라고 믿으며 행복해지려고 오늘 하루도 죽도록 노력하는데 말이죠.

독일 출신 빔 벤더스 감독은 엄마와 같은 1945년에 태어났습니다. 2023년 영화 〈퍼펙트 데이즈〉를 선보였습니다. 주인공 히라야마는 도쿄 시부야 공공시설 청소부로 매일 공공 화장실을 청소합니다. 아침에 일어나 씻고 청소도구를 챙기며 문을 나섭니다. 날씨가 맑거나 흐리거나 아랑곳없이 하늘을 보면서 가볍게 미소짓습니다. 집 앞 자동판매기에서 똑같은 보스 캔커피를 사서 승합차에 오릅니다. 신중하게 카세트테이프를 고릅니다. 음악을 들으며 청소할 화장실로 달립니다. 어제 같은 오늘이 시작됩니다. 주인공은 평범하지만 특별합니다. 두 가지를 가늠하는 기준은 선이 아니라 양에 가깝습니다. 특별하다고 여겨지는 사람이 많아지면 다시 평범해지는 법입니다. 경쟁하고 돈을 좇고 정상에 오르려는 사람들은 평범합니다. 하지만 화장실 청소를 하면서도 웃을 수 있는 사람은 특별합니다.

파리 올림픽 남자 양궁 단체전에서 프랑스는 대한민국에 밀려 은메달을 땁니다. 시상식에서 게양대가 고장 나서 프랑스 국기가 동메달을 딴 튀르키에 국기보다 낮게 걸립니다. 더 이상 놀랍지도 않습니다. 나사 빠진 프랑스인이라며 욕을 먹는데도 사랑을 노래하며 줄곧 노는데 정신이 팔린 모습을 볼수록 숨통이 탁 트입니다.

놀다 보면 그럴 수 있지. 뭘.
다음부터 제대로 할게. 정말 미안~. Pardon ㅎㅎ.
끝.

제안합니다 featuring 조엘 코엔, 에단 코엔
『인사이드 르윈』

영화 속 주인공인 르윈은 무명의 포크 가수입니다. 그에게
평범하다는 말은 재앙입니다. 영화가 끝날 때까지 잘 될 기
미조차 보이지 않습니다. 사랑에 실패하고 가족이나 친구
들도 그를 특별하게 여기지 않습니다. 성공과 영광은 언제
나 그를 비껴 나갑니다. 공교롭게도 똑같은 술집에서 공연하
고 똑같은 관객을 만난 음악가는 세계 최고의 아티스트가 됩
니다. 심지어 르윈이 먼저 시작했는데 말이죠. 그는 밥 딜런
입니다. 나나 당신이나 밥 딜런보다 르윈에 가깝습니다. 그
런데 주인공이 아무리 찌질해도 주인공을 맡은 배우는 유명
스타입니다. 르윈 역할은 오스카 이삭이 맡았습니다. <퍼펙
트 데이즈> 청소부는 무려 일본의 국민배우 야쿠쇼 코지입
니다. 성공한 배우들이 실패한 주인공을 기꺼이 연기합니다.
실패하는 대다수, 실패하는 인생을 달래줍니다. 나보다 못한
역할도 연기하는 스타들과 인생을 살짝 비틀어서 보여주는
영화 덕분에 그나마 덜 쓸쓸합니다.

처음 고백합니다. 나는 초능력자입니다. 2005년 여름 나한테 초능력이 있다는 사실을 우연히 알았습니다. 회사를 나와 사업자 등록증을 내고 독립했습니다. 웹사이트 만드는 일을 하면서 생계를 꾸렸습니다. 클라이언트를 만나 일일이 영업을 해야 하는 처지라서 눈에 띄고 싶었습니다. 머리카락을 탈색한 다음 회색으로 물들이고 콧수염도 길렀습니다. 여느 회사원과 다른 크리에이티브한 실장으로 보이고 싶었습니다. 2년 넘게 그러고 다녔는데 뭐라고 하는 사람은 없었습니다. 다시 까맣게 염색을 하고 애써 기른 콧수염도 싹 밀었습니다. 금방 알아채겠지 싶었는데 반응은 의외였습니다.

언제 콧수염 길렀었어?

그 순간 초능력을 감지했습니다. 남들에게 전혀 보이지 않았던 거죠. 그런데 그림 그리고 책을 내면서 달라졌습니다.

그 옷 어디서 산 거야?

머리 어느 미용실에서 했어?

모자 특이한데요.

혹시 어제 저녁 광화문 교보문고 앞을 지나가지 않았어요?

〈세계테마기행〉에서 본 것 같은데요.

보이지 않는 능력이 사라졌습니다. 심지어 내가 모르는 사람들도 날 알아보았습니다. 하지만 서울을 떠나 소도시로 옮기고 팬데믹을 겪고 심근경색으로 쓰러지면서 초능력은 되살아났습니다. 나랑 비슷한 초능력자가 무척 많다는 사실도 알게 되었습니다.

너도 투명인간이구나

투명인간은 두 가지로 나뉩니다. 먼저 알파 타입인데 내 눈에 안 보이고 다른 사람 눈에 보입니다. 내가 어떻게 보이고 무슨 말을 하고 어떤 생각을 하는지 스스로 알 수 없습니다. 다른 사람이 보고 듣고 만져줘야 합니다. 다른 사람들 눈이 곧 내 눈인 셈입니다. 알파 타입은 주로 20, 30대 사회 초년생이며 남성보다 여성이 압도적으로 많습니다.

두 번째는 베타 타입인데 내 눈에 보이고 다른 사람 눈에
안 보입니다. 대부분 남성이고 쉰 살이 넘으면 더욱 투명해
지고 지속 시간도 길어집니다.

짐작한 대로 나는 베타 타입입니다. 투명도 등급은 A^+, 지속시
간은 A^{++}입니다. 몸을 뚫고 배경이 보일 만큼 투명하지는 않아
도 하루 종일 간다는 정도로 이해하면 됩니다. 투명해지려면
몇 단계를 거칩니다. 먼저 여성에게 보이지 않습니다. 투명해
졌는데 의도치 않게 팔이나 사타구니, 등짝 일부가 보입니다.
깜짝 놀랄 수밖에 없겠죠. 투명도가 높아질수록 눈빛이 사라
지고 목소리도 들리지 않습니다. 얼굴은 사라지고 성격이나
품성도 증발합니다. 눈에 보이지 않는 존재가 내 몸을 건드린
다면 생각만 해도 섬뜩합니다. 만약 비슷한 경험이 있다면 귀
신이 아니라 나 같은 투명인간이었다고 자신있게 말할 수 있
습니다. 투명해져도 입 냄새와 암내, 사타구니 사이에서 뜨끈
하게 올라오는 정액 냄새는 사라지지 않습니다. 비누나 바디
워시로 씻어도 별다른 효과가 없습니다. N사에서 나온 신제
품 '베타 타입 투명인간을 위한 강력 세정제'로 꼼꼼히 세척하

면 완전히 사라집니다. 쿠팡에서 구입할 수 있습니다.

유명 연예인이나 인플루언서 중에 알파 타입이 많습니다. 팬들의 반응과 평판, 좋아요와 조회 수로 나를 확인하니까요. 반면에 베타 타입은 나를 나밖에 볼 수 없습니다. 나랑 친해지지 않으면 버티기 어렵습니다. 혼자 놀기는 필수입니다. 조용히 책을 읽거나 아예 나처럼 작가가 되는 경우가 많습니다. 〈퍼펙트 데이즈〉에 주인공이 전형적인 베타 타입입니다. 요컨대 초능력이 생겼다고 곧바로 행복해지지 않습니다. 슈퍼히어로의 고뇌까지는 아니지만 대충 어떤 기분인지 이해합니다. 적당히 눈에 띄는 평범한 여러분들이 무척 부럽습니다.

보이지 않는 몸으로
동네 책방에서 책 한 권 살게요
사거리가 내려다 보이는
스타벅스 창가에서 글을 쓸게요
핑크 반바지를 입고 강변을 달려요
강력 세정제로 꼼꼼히 씻어요
창문을 열고 알몸으로 잠들어요

나는 나랑 잘 놀아서 그나마 다행입니다.

제안합니다. featuring 어슐러 르 귄
『남겨둘 시간이 없답니다』

어릴 때 투명인간이 나오는 영화를 보면서 저런 능력이 있다면 얼마나 신날까 상상했습니다. 그런데 투명인간이 되고 나니까 무척 쓸쓸합니다. 위대한 SF 작가 어슐러 르 귄은 이미 알고 있었습니다. 남성 노인들은 모두 투명인간이 된다는 사실 말이죠. 그는 노인이 되면서 느끼는 남다른 감각과 얼마 남지 않은 시간을 유쾌하고 생생하게 묘사합니다. 자신을 보고 어려 보인다고 하는 건 교황에게 기독교인이라는 것과 같다며 자조 섞인 농담을 던집니다. 초능력이 이렇게 평범한 줄 알았다면 다른 꿈을 꾸었을 겁니다. 나이가 들면 많은 게 시시해집니다.

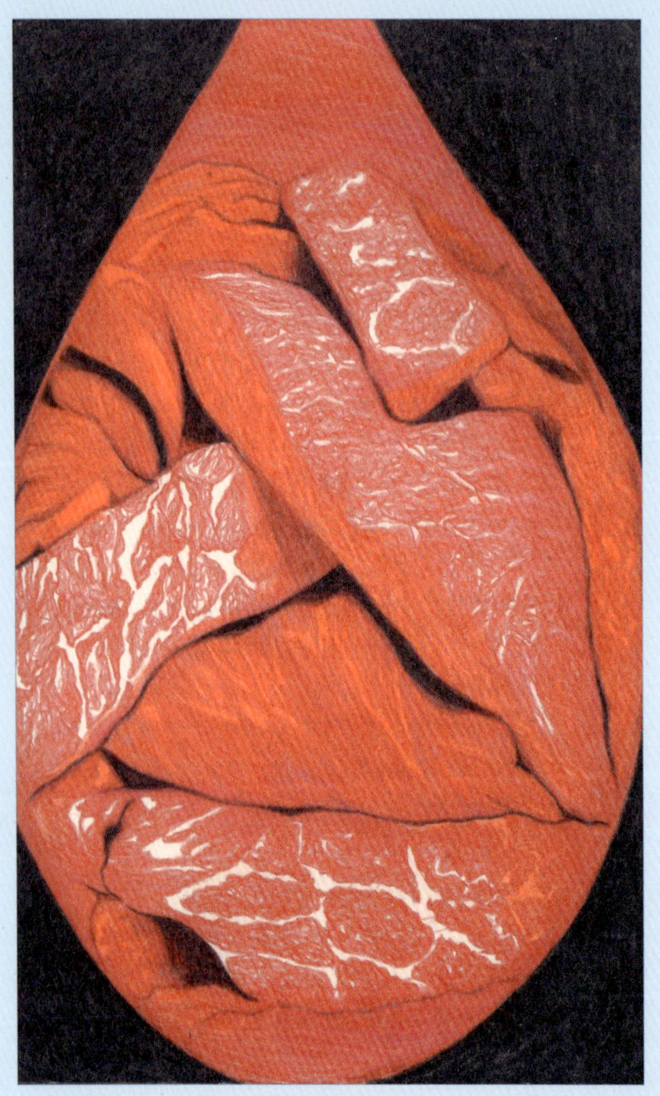

'싱싱하고 잔인하게'

살아있는 것들에게는 싱싱하다고 하지 않는다. 그냥 살아있다고 한다. 갓 죽었지만 살아있을 때랑 크게 다르지 않은 상태가 싱싱하다는 뜻이리라. 삶에 죽음을 더해 확실히 죽긴 했지만 삶의 그림자가 제법 남아있다. 의식은 사라졌지만 피와 살은 아직 부패하지 않았다. 싱싱할수록 잔인하다. 회도 잔인하고 정육식당 무쇠 불판 위에 놓은 고기도 잔인하다. 텃밭에서 갓 수확한 토마토도 식물의 입장이라면 피할 수 없다. 싱싱하려면 반드시 죽어야 한다. 그래야 마음 놓고 먹을 수 있다. 이렇게 먹어야 하루를 더 산다. 싱싱함이란 곧 에너지이고 에너지는 삶을 이어준다. 따져보면 잔임함이란 상황을 따로 떼어놓아 (거세) 애초부터 무생물처럼 보이도록 하는 짓이다. 거리두기. 내 손에는 피 묻히지 않기. 멀리서 애도하기. 객관적이고 도덕적으로 보이는 의견 내기. 모두 일상에서 꼭 필요한 잔임함을 거두어들인다. 만약 물살이를 먹고 싶다면 대가리를 단번에 칼로 내리쳐야 하고 내장도 손수 발라내야 한다면 어떨까. 우리는 잔임함과 떨어져사는 댓가로 돈을 낸다. 돈은 훌륭한 가림막이다. 우리는 이렇게 산다. 거세된 잔인함 속에서 매일저녁 싱싱한 피를 한 움씩 들이마신다. 오늘저녁도 할어시장에서 방어와 돔을 골랐다. 십 년 단골 이모가 단칼에 두 동강을 냈다. 배를 가르니 내장이 쏟아지고 붉은 피가 축축한 바닥에 스며들었다. 3만 원을 냈다. 비닐봉투 속 스티로폼 그릇에 잘 썰어둔 회가 가득했다. 마치 편의점 위에 올려둔 라면상자처럼 피와 내장 살린 대가리. 물컹한 두 눈은 더 이상 떠오르지 않았다. 처음부터 생선살인 듯 느껴졌다. 나 오늘 하루 또 잔인했다. 무정하고 비정하게……

엄마는 미래를 함부로 맞이하는 사람이 아닙니다. 할 수 있는 데까지 계획하고 준비하고 모든 가능성을 다 따지면서 걱정합니다. 아빠는 정반대입니다. 퇴근하고 아이스크림 한 통을 사면 밥숟가락을 들고 티스푼을 든 나와 동생과 겨루었습니다. 돈이 생기면 행운을 바라며 도박을 했습니다. 도박은 내 능력으로 할 수 있는 게 별로 없습니다. 날마다 밀려오는 허무에 엄마는 저축으로 맞섰다면 아빠는 운에 맡겼습니다. 엄마가 맞선 시간은 서울의 아파트와 지방 소도시 오피스텔로 바뀌었고 아빠의 시간은 자신의 존재마저 지웠습니다. 세상에서 나를 가장 닮은 남자인 아빠가 아니었다면 도박으로 지워진 인생이 내 몫이 되었을지 모릅니다.

도박은 판 돈을 걸 때마다 새롭게 시작합니다. 재주나 기술이 크게 통하지 않습니다. 운 앞에서 모두 평등합니다. 도박은 잃을 게 많은 데다 누구든 평등하게 잃을 수 있기 때문에 놀이 중에서 가장 화끈합니다.

도박을 다룬 걸작 〈도박묵시록 카이지〉를 보면 제목에 왜

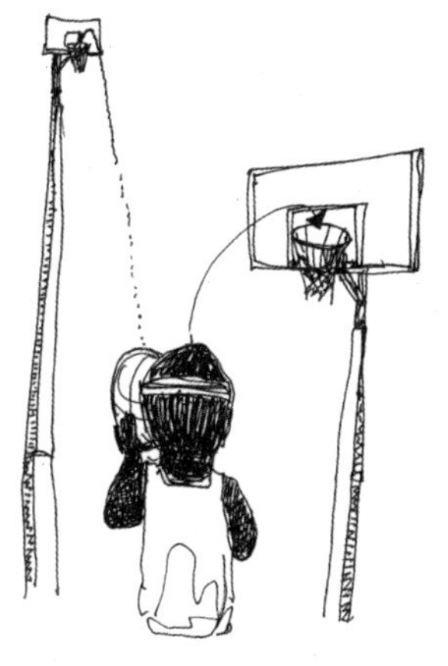

묵시록을 붙였는지 금세 알게 됩니다. 밑바닥으로 떨어지고 죽을 만큼 고생해서 겨우 한 발자국 올라서는 순간마다 여지없이 미끄러져 더 깊은 바닥으로 떨어집니다. 예외는 없습니다. 도박으로 이끄는 치명적인 매력은 판 돈이나 행운이 아닙니다. 나락으로 잡아당기는 중력입니다.

나락은 산스크리트어로 '나라카Naraka'라는 말에서 유래하는데 지옥을 뜻합니다. 2019년 인터넷에 등장해 잘 나가다가 한 번에 끝장나는 경우를 묘사하는 데 흔히 씁니다. 천국은 하늘 위에, 지옥은 밑바닥에 있습니다. 중력은 늘 위에서 아래로, 천국에서 지옥으로 향합니다.

나락이라면 돼지를 키워 잡아먹는 그림이 떠오릅니다. 질 좋은 사료를 잔뜩 먹이고 잘 씻기고 충분히 재웁니다. 기분 좋은 핑크색이 피부에 돌면서 포동포동하게 살이 오릅니다. 잘 컸다고 여기면 곧바로 예리한 칼날로 목 아래를 길

게 그어 버립니다. 미처 꽥꽥할 틈도 없이 검붉은 피가 뿜어
져 나옵니다. 우리와 담장을 넘어 바닥은 피거품으로 보글
거립니다. 어차피 이렇게 될 운명입니다. 아무리 애정을 쏟
으며 키워도 돼지의 본질은 목살과 안심, 삼겹살입니다. 대
가리를 떼고 피를 뽑고 뼈를 바르고 살점을 도려내면서 돼
지는 돼지고기라는 본질에 가까워집니다. 기분 내키는 대
로 마음에 드는 부위를 골라 맛있게 구워 먹습니다. 죄책감
보다 씹는 맛과 도파민이 먼저입니다. 인플루언서나 셀럽
으로 이끄는 치명적인 매력은 유명세나 수입이 아닙니다.
나락으로 잡아당기는 중력입니다.

유명해서 고마워요
사랑해서 고마워요
운이 따라서 고마워요

노력하고 조심해도
나락갈 수 있는거 알아요

여러분을 탓하지 않을게요
날 탓하지도 않구요

그냥 게임의 규칙이잖아요

비비언 고닉은 인생은 이미 지옥이고 파멸은 예정되었지만 그래도 계속 헤엄쳐야 한다고 다그칩니다. 몸에 힘을 빼고 고개를 잔뜩 뒤로 젖히고 가만히 누우면 물에 뜹니다. 하지만 등 뒤로 나를 떠받치는 물을 의식하면 겁이 납니다. 얼른 물 밖으로 벗어나고 싶어서 몸에 힘을 주면 가라앉습니다. 안간힘을 쓸수록 더 가라앉습니다. 수영은 적당히 힘을 주면서 규칙적으로 물 밖으로 나와 앞으로 가는 기술입니다. 수영을 무척 좋아하는 사람과 잠시 사귀면서 짧은 이야기를 만들었습니다.

소녀는 물에 살았습니다.
어느 날 소년이 찾아옵니다.
소년은 소녀에게 그건 수영이 아니라고 합니다.
두 팔 젓고 발돋움하면서 고개 내밀고 숨 쉬어야 수영이라고 합니다.
소녀는 소년이 알려준 대로 수영을 합니다.
소녀는 가라앉습니다. 코와 입으로 자꾸 물이 들어옵니다.
소년을 만나기 전에 몰랐는데 이제 물이 시커멓게 보입니다.

소녀 안에 무언가 떨어져 나갑니다.

검은 물속으로 천천히 가라앉습니다.

수영은 잘 못 하지만 스노클링은 좋아합니다. 스노클링은 부력을 활용합니다. 숨을 쉬려고 애써 고개를 빼드는 대신 물속으로 머리를 담급니다. 스노클러를 물고 있어서 숨이 막힐 염려는 없습니다. 천천히 팔다리를 저으면서 느긋하게 숨을 내쉽니다. 중력을 거스르지는 못해도 물에 반쯤 잠긴 채로 편안하게 헤엄칩니다. 중력과 나락이 지배하는 일상에 스노클러 같은 도구가 있다면 얼마나 좋을까요. 물안경 너머 바닥 깊이 나락을 바라봅니다. 푸, 하고 스노클러 밖으로 힘차게 물을 내뿜으며 찰바당찰바당 앞으로 나아갑니다.

제안합니다 featuring 아니 에르노
『사진의 용도』

아니 에르노는 늘 자신을 벗깁니다. 옷을 벗기고 마음을 벗기고 현재와 과거를 벗깁니다. 유방암도 예외가 아닙니다. 자신에게 생긴 병을 실험으로 받아들이며 꼼꼼하게 기록합니다. 항암치료를 받은 뒤 2차 성징을 겪는 소녀처럼 머리카락과 털이 다시 자랍니다. 후각이 극도로 예민해져 개처럼 냄새를 맡을 수 있다고 묘사합니다. 환갑이 지난 암 환자가 연인과 나누는 섹스도 놓치지 않습니다. 그는 유방암을 겪으면서 죽음은 보여도 자신의 부재는 모르겠다고 고백합니다. 가장 큰 나락은 죽음입니다. 삶이 끝난다는 사실보다 죽는 순간이 고통스러울까 봐 두려워합니다. 하지만 죽으면 다 끝납니다. 내 죽음을 경험할 나도, 죽음 뒤에 나도 없습니다. 나의 부재를 인식할 존재가 없습니다. 내가 나의 죽음을 경험할 일이 없다는 사실이 그나마 위로가 됩니다.

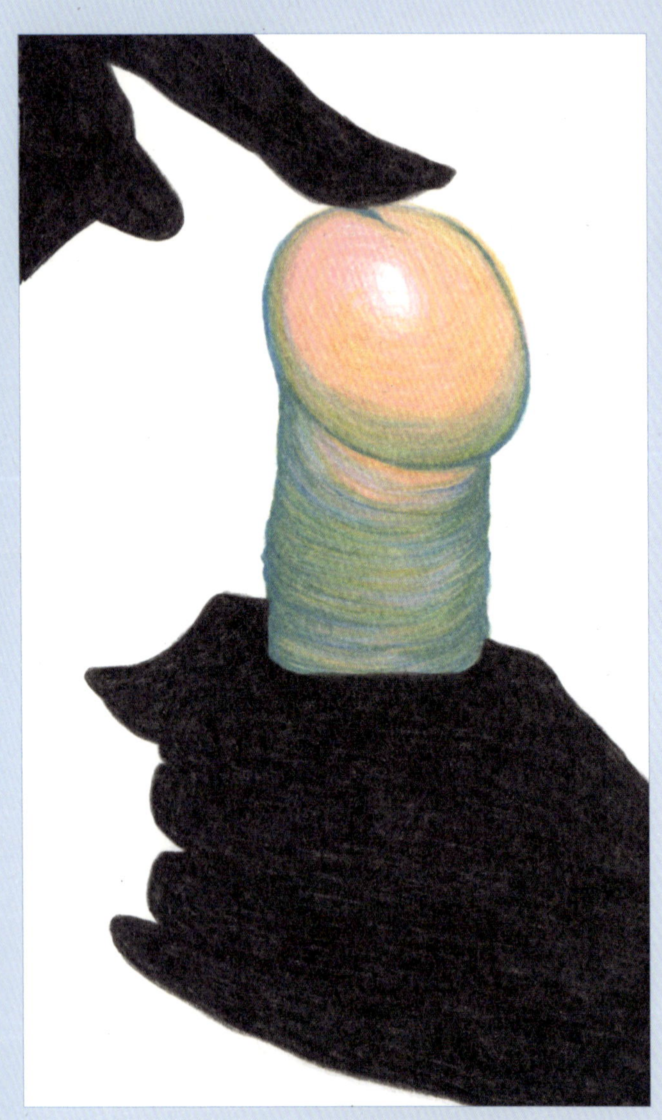

'성기의 옆모습은 발기 중이다. 플래시 불빛이 혈관을 비추고
 귀두 끝에 맺힌 정액 한 방울이 진주알처럼 반짝인다.'
아니 에르노, <사진의 용도> 중에서.
자위만 해도 볼 수 있는 모습인데 말하지 못한다. 손가락에 콧물이
묻은 거랑 다르지 않는데도 말할 수 없다. 도덕과 남의 시선이라는
그리드(눈금)으로 촘촘히 그물을 친다. 그 그물에 걸리는 말과 이미지는
섣불리 입 밖으로 꺼내거나 보거나 보여주지 못한다. 문제는 누구를
해치지 않는 거라는 점이다. 오히려 너무 즐겁고 강렬해서 함부로
만지지 못한다. 이 문장을 읽었을 때 아름다웠고 소름끼쳤다.
무슨 말을 하고 싶은지 단박에 알았다. '선을 넘는 경험은 말로 꺼내야
비로소 완성된다.' 그리고 말로 하면 의외로 아무렇지 않게
받아들일 수 있다. 문장은 늘 과거형일 수밖에 없다. 그 순간과
글을 쓰는 순간 그리고 읽는 순간까지. 점점 멀어져가서 글 속에 현실은
멀리 물러선다. 글은 언제나 천체망원경처럼 과거에서 오는 빛을
보여준다. 이 모습을 꼭 그려보고 싶었다. 발기한 순간을 마치
말머리 성운에서 빛나는 오래된 과거의 별처럼 보고, 또 보여주고
싶었다. 나는 쾌감을 자극과 나른한 잠으로 나눈다. 내겐 가장 기준이
되는, 쾌감의 모델이기 때문이다. 빠른 사정과 죽도록 깜깜한 잠.
아니면 느릿한 애무와 퉁퉁 부은 것 같은 성기, 아직 사정까지
묵직하게 느껴지는 긴장 어린 쾌감의 마일리지. 상상과 현실이
어긋난 데이트. 발기 못한 섹스까지. 모두 쓰고 그려보고 싶다.
아니 에르노는 발기한 성기를 오줌 주머니를 차고 항암치료를 받으면서
빨고 사정하게 만들었다. 결코 젊지 않은 나이인데도 섹스를 하고
순간순간을 사진과 글로 채웠다. 그는 노벨문학상을 받았다.

친구가 죽었습니다. 죽고 나서 친구가 되었습니다. 그리 놀랄 일은 아닙니다. 책을 읽으며 죽은 작가와 사귑니다. 살아있다면 지금은 맞고 나중에 틀릴 수 있습니다. 죽으면 끝입니다. 죽은 작가들은 처음과 끝이 분명합니다. 중간에 말을 바꿀 염려도 없습니다. 평생 어떻게 살았는지 판단하기 어렵지 않습니다. 변하지 않는 친구가 될 수 있습니다.

책이 마음의 양식이라는 소리는 이제 그만했으면 좋겠습니다. 책은 눈을 뜨고 꾸는 꿈입니다. 책은 내가 방랑자로 태어났다는 사실을 일깨워줍니다. 밤마다 골방에 처박혀 자판을 두드리고 주말에는 한 평 남짓한 주방에서 일합니다. 웅웅거리는 커피머신과 씨름하며 에스프레소를 뽑지만, 머릿속은 곧장 화성으로 날아가며 우주선 계기판을 만지작거립니다. 중력과 관성으로 붙잡힌 몸을 버리고 시공간을 훌쩍 뛰어넘습니다. 꿈은 꾸는 거지 가지는 게 아닙니다. 드라이아이스처럼 맨손으로 붙잡으면 차가운 화상을 입습니다. 놔두면 연기처럼 사라집니다. 꽉 붙잡거나 잊지 않으려고 애쓰면 되레 괴롭습니다. 꿈이란 애초부터 말이 안 되는

데다 선을 넘은 경우도 많습니다. 방 안 가득 똥으로 채우거나 친구를 죽이거나 가족과 섹스를 하기도 합니다.

꾸면서 잊어버리는 게 꿈입니다. 자꾸 꿈을 '잊지 말고' '이룬다'고 하면 왠지 소름끼칩니다. 꿈을 꿈처럼 여겨야 놀이하듯 편하게 즐길 수 있습니다.

꿈이 보람이나 결과로 이어지기도 하지만 그냥 똥일 수도 있습니다. 똥이 마려우면 얼른 싸고, 싸고 나면 반드시 물을 내려야 합니다. 내가 싼 똥이라고 냄새 안 날 리 없습니다. 내가 꾸는 꿈이 똥인지 된장인지 쉽사리 가늠하기 어렵습니다. 아무리 찍어 먹어 봐도 모르겠습니다. 과감하게 물을 내리는데 익숙해질 필요가 있습니다. 꿈을 이루기 위해 버티는 걸 대단한 노력이나 인격, 가치로 추앙해 버리면 곤란합니다. 건강에도 해롭습니다. 국민가요 〈개똥벌레〉를 작곡한 음악가 한돌은 꿈이 있는 척 살아온 세월이 너무 길었다고 고백합니다. 진지한 꿈 따위 없는데도 남들 눈치보느라고 없는 걸 잃어버렸다며 스스로 속입니다. 꿈이 강박으로 바뀌면 더욱 쓸쓸해집니다. 그래서인지 아이들한테는 억지로 꿈을 갖지 말라고 충고합니다.

방랑자는 꿈속에 머무르지 않습니다. 안전하고 익숙한 이불 속에서 꼼지락거리지 않습니다. 벌떡 일어나 찬물로 샤워부터 합니다. 퇴근하면 익숙한 길을 애써 외면합니다. 조금 돌아가더라도 해가 지는 언덕으로 차를 돌립니다. 잠시 차를 세우고 창밖을 바라봅니다. 태양은 바다 넘어 먼 육지로 조용히 저뭅니다. 나는 핸들을 붙잡고 눈을 찡그리며 땅거미를 쫓습니다. 태양은 다른 사람 눈치 따위 보지 않습니다. 그저 자신의 궤도를 돌 뿐입니다. 방랑자는 조용하고 느리지만 단호하게 걷습니다. 길이 없어도 괜찮습니다. 뒤돌아보면 소금 기둥으로 변하는 저주에 걸린 것 마냥 이를 악물며 앞으로 한 걸음 내딛습니다.

특별한 길은 없어

은하를 도는 태양도
태양을 도는 지구도
크게 타원을 그리는 명왕성도
저만의 이유로 가는 것뿐이야

물안경을 쓰고 스노클러를 깨물고 바다에 뛰어드는 것처럼 노이즈 캔슬링 헤드폰을 끼고 책갈피를 펼칩니다. 조금씩 다른 온도와 부력에 적응하듯이 작가들이 쓴 문장에 조금씩 익숙해집니다. 작가의 마음속으로 내려갑니다. 깊이 내려갈수록 시끄럽습니다. 사랑해서 시끄럽고 아파서 시끄럽고 무감각해서 시끄럽고 어쩔 줄 몰라서 시끄럽습니다. 도서관과 서점은 책이 담아둔 깊고 짙은 울음이 해류처럼 흐릅니다. 오늘도 스마트폰을 꺼내 책을 찾아봅니다.

먼저 읽은 사람들을 만납니다. 어떤 소리를 들었는지 궁금합니다. 아직 읽지 못한 책의 목록을 만들고 장바구니에 담아봅니다. 조용하게 시끄러운 아우성을 기대하며 결제 버튼을 누릅니다.

나보다 먼저 나만큼 울어주는 책들이 있어서 다행입니다. 시간과 공간, 삶과 죽음을 뛰어넘어 또렷한 목소리로 말을 겁니다. 책은 마법이고 마법은 언제나 훌륭한 놀잇감입니다.

한 가지 덧붙이면 충분히 자야 꿈도 꿉니다. 꿈꾸려면 시간이 필요합니다. 내게 더 많은 시간을 주려고 회사를 나오고 서울에서 소도시로 무게중심을 옮겼습니다. 나는 지금 억지로 시간이 많은 사람이 되었습니다. 하루 종일 골방에 박혀 있지만 낮에는 눈을 뜬 채로 꿈에 빠집니다. 글과 그림은 범인이 현장에 남긴 꿈의 단서들입니다. 재작년부터 카페 여는 날을 주 5일에서 3일로 바꿨습니다. 꿈을 꾸려면 돈이 듭니다. 어디다 따로 내야 하는 건 아니지만 돈 버는 기회를 잃어버립니다. 기회비용이 생깁니다. 하루 8시간은 자야 건강하다는 말은 상식이지만 좀처럼 지키기 어렵습니다. 꿈도 마찬가지입니다. 돈으로 대표하는 가장 귀한 걸 버려야 꿈을 꾸는 시간을 벌 수 있습니다. 지금껏 꿈꾸는 시간을 마련하느라 꽤 고통스러웠습니다. 오늘도 이를 악물고 돈 버는 시간을 버립니다.

제안합니다 featuring 데이비드 그랜
『궁극의 탐험』

특수부대 출신 영국인 탐험가 헨리 워슬리는 2015년 세계 최초로 외부 지원 없이 단독으로 남극 대륙 횡단에 도전합니다. 그의 롤 모델은 어니스트 섀클턴 경입니다. 그는 워슬리가 도전하기 100년 전 남극 대륙 횡단에 두 차례나 도전했지만 실패했습니다. 섀클턴은 실패한 탐험가이지만 20세기 말부터 새롭게 평가됩니다. 뛰어난 판단으로 모든 대원을 살린 업적으로 인류 역사상 가장 위대한 탐험가로 인정받습니다. 비슷한 시기 로버트 스콧은 남극을 무덤으로 여기며 배수진을 치고 탐험에 나섭니다. 그는 두 번째로 남극점에 도달합니다. 노르웨이 탐험가 로알 아문센이 약 한 달 전에 먼저 도달하였습니다. 그는 돌아오는 길에 두 명의 대원과 함께 얼어죽습니다. 식량과 연료를 모아둔 전초기지를 불과 800미터 남기고 채로 말이죠. 섀클턴은 평생 남극점을 꿈꾸었습니다. 꿈을 이루지 못해도 이길 수 있다고 믿었습니다. 그에게는 꿈을 이루는 것보다 나와 동료들을 살리는 것이 더 큰 승리였기 때문입니다.

'길티 플레저' 당신만의 길티 플레저는 무엇인가요? 가끔 커피를 마시면서 친해지고 싶거나 조금 더 친밀해진 단계로 넘어가려면 이 질문을 떠올린다. 속으로 내게 묻기도 하고 상대방에게 직접 묻기도 한다. 진짜 호기심과 더불어 상대를 안심시키며 소문내지 않는다는 확신만 있으면 의외로 자세하게 대답해준다. 심지어 내가 처음 기대했던 것 이상의 색다른 이야기도 들려주기도 한다. 특히 성적 취향으로 넘어가면 듣는 나보다 말하는 상대가 더욱 깊이 빠진다. 마치 버스를 운전하면서 조립을 하듯이 섬세하고 다채롭게 이야기를 조립해간다. 표정도 밝아진다. 묻지 않아서 말하지 않았을 뿐 기회가 온다면. 오늘이 그날이라 말한다. 이런 기분이다. 다이어트하면서 탄수화물 가득한 짜장면을 배달시키는 정도를 예상했는데 말이다.

짜장면은 매우 유감적이다. 건강에 좋다고 말하기는 어렵지만 몸이 힘들거나 기분이 우울할 때 구원처럼 떠오른다. 웬만하면 막을 수 없다. 천정에서 스며드는 빗물처럼 죄책감을 서서히 달콤한 즐거움, 목구멍을 짭잘한 단내로 꽉 채우는 질식할 만한 포만감으로 적셔버린다. 먹고 나서 죄책감이 몰려오지만 결국에는 시간문제다. 안 먹을 수는 있어도 영원히 잊을 수는 없다. 짜릿한 순간 만큼은 누구나 인정하기 때문이다.

서울을 벗어나 소도시로 옮겼는데도 어째 숨이 막힙니다. 시간이 지날수록 다섯 장만 가지고 카드 게임을 하는 기분이 듭니다. 오래 살수록 깊이가 생겨 좋을 줄 알았습니다. 요즘에는 그 깊이에 빠져 죽을 것 같습니다. 소도시에 처음 왔을 때는 어디까지 경계인지 모른 채 마냥 허우적거리며 살았습니다. 그런데 익숙해질수록 목을 죄어오는 기분이 듭니다. 서울을 벗어나는 꿈을 이루어서 그런가 봅니다. 꿈은 꾸면서 버려야겠죠. 지나간 꿈은 애써 잊고 새 꿈을 꾸어 봅니다.

정든 골방과 카페를 떨치고 가벼워진 몸에 날개를 달고 싶습니다. 환갑이 되기 전에 언덕 위에서 힘차게 뛰어내리고 싶습니다. 골방과 소도시, 서울, 대한민국, 한국어, 연인, 친구, 가족이라는 울타리를 뚫고 새 바람에 몸을 싣고 둥둥 떠오르고 싶습니다. 알아듣지 못하는 말에 몸을 담근 채 처음 보는 골목을 헤매고 싶습니다. 나의 반경을 넓히고 싶습니다. 좁고 깊은 우물보다 얇고 넓은 습자지처럼 살고 싶습니다. 다양해지고 싶습니다. 깊이는 싫습니다.

다양성이라는 말은 생각보다 아름답지 않습니다. 인스타그램 속 여행은 늘 반짝거리고 감탄을 자아냅니다. 하지만 실제로 가면 많이 다릅니다. 영혼의 도시 바라나시는 어딜 가든 시궁창 냄새가 찰랑거립니다. 인도네시아를 가로지르는 커다란 여객선 복도에는 살 오른 바퀴벌레들이 편안하게 기어다닙니다. 별빛 쏟아지는 몽골 평원에 펼친 게르 안에는 피까지 삶은 양고기 누린내로 가득합니다. 지저분하고 더러운 걸 견디기는 어렵지만 이런 순간이 되레 기억에 남아 나의 여정을 빛내줍니다. 다양성이란 역겹고 불편합니다. 괴로워도 함부로 편들지 않은 마음입니다. 다양성을 몸소 겪으려면 고상한 말이나 지식보다 아무거나 집어먹는 비위가 필요합니다. 딱히 좋아하는 게 없을수록 비위는 강해집니다. 좋아하는 걸 없애려고 익숙한 울타리를 넘어 낯선 길로 나섭니다.

혐오는 가슴 깊은 공감으로부터 나옵니다. 나랑 비슷하고 좋아하는 것만 받아들이면 혐오는 무척 자연스럽습니다. 백인에게 호감을 느끼고 흑인을 깔보고 동남아시아인을 무시하고 좌파는 빨갱이 우파는 꼴통보수로 여깁니다. 나와 다르면 싫고, 싫은 존재가 가까이 오면 구역질이 납니다. 사랑도 마찬가지입니다. 따뜻한 애정이나 속 깊은 공감보다 아무거나 덥석 집어도 괜찮은 비위가 먼저입니다.

나한테 공감 능력이 딸린다고 뭐라고 하는데
너무 공감해서 문제란 생각은 못 해봤어?

상대에게 자꾸 기대면 지치기 마련이야
사람은 혼자 못 살지만 둘이서도 잘 못 살아

너무 위해도 스트레스야
사랑인 줄 알았는데 구속이잖아

한 사람만 보는건 한 사람만 바라보는 거야
사랑한다며 괴롭히지 말자
우리 경쾌하게 살자

제발

인간과 더불어 침팬지, 보노보, 오랑우탄, 고릴라는 기본적인 공감 능력을 갖고 태어납니다.

하지만 어릴 때 또래들과 제대로 놀지 못하면 커서도 잘 어울리지 못합니다. 무리와 살아가려면 부모와 자식, 동료가 느끼는 감정과 의도를 잘 읽어야 합니다. 놀이는 애착과 신뢰, 배려와 유대를 촉진하는 데 큰 역할을 합니다. 예를 들어 아이들이 병원 놀이를 하면 자기들끼리 알아서 의사나 간호사, 환자를 맡습니다. 각자 해야 할 역할을 기꺼이 맡고 제대로 할수록 놀이는 더욱 재미납니다. 의사는 간호사로, 간호사는 환자로 역할을 바꿔 가며 놀이를 이어갑니다. 내가 남이 되고 남이 내가 되는 역지사지를 배우면서 인지 공감력이 커집니다. 인지 공감력은 나와 다른 걸, 감정이 아닌 머리와 지식으로 이해하고 받아들이며 공감의 반경을 넓혀줍니다. 반경이 넓어질수록 혐오는 줄고 비위는 강해집니다. 성별이 다르고 성적 취향이 다르고 정치색이 다르고 종교가 다르고 피부색이 다르고 국적이 달라도 견딜 만합니다. 어릴 때 제대로 못 놀아서 아쉽다면 지금도 늦지 않습니다. 여행과 유흥, 게임이나 심심풀이만 놀이가 아닙니다. 내가 네가 되고 네가 내가 되는 역지사지를 일깨우는, 공감의 반경을 넓히는 활동도 흥미진진한 놀이입니다.*

장대익 〈공감의 반경〉에서 영감을 얻었습니다.

제안합니다 featuring 이반지하
『**이웃집 퀴어 이반지하**』

대한민국에서 당당하게 퀴어아티스트로 사는 이반지하는 결코 숨지 않습니다. 라이브 방송으로 구독자가 보낸 사연을 소개합니다. 딸이 동성애자인데 엄마가 기독교인이라서 엄마는 늘 내가 사탄을 낳았다고 한탄합니다. 사연을 읽고 이렇게 대꾸합니다. 엄마가 사탄을 낳을 만큼 대단한 사람이 아니라고 말해주세요. 그는 가부장제와 성적인 정체성을 가지고 놀며 글 쓰고 그림 그리고 퍼포먼스를 선보입니다. 유머와 놀이하는 마음 덕분에 취향과 정체성이 달라도 깔깔 웃으며 그럴 수도 있겠다고 고개를 끄덕입니다. 정상이라고 여기는 이성애자도 한 사람씩 들춰 보면 자신만의 취향으로 다들 퀴어합니다. 여기서 그는 유머를 놓치지 않습니다. 그렇다고 헤테로들까지 퀴어라고 한다면 몹시 얄미울 것 같다구요, 니들은 누릴 것 다 누리고 우리한테 요거까지 뺏어먹으려고 하냐면서요.

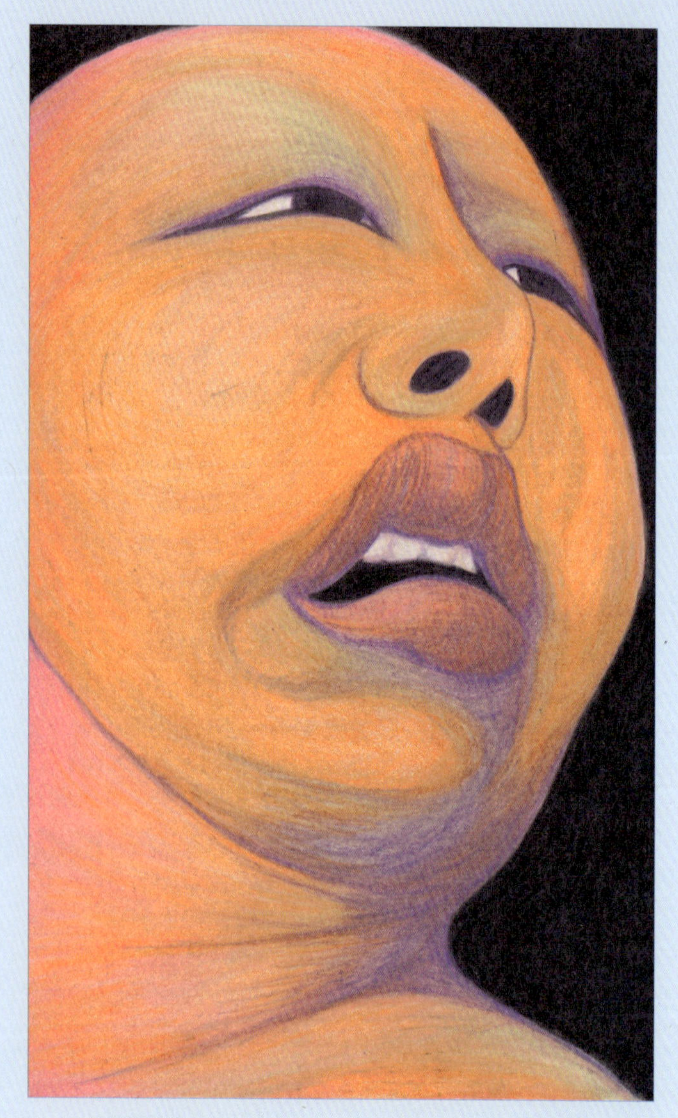

이반지하의 책을 읽었다. 〈이웃집 퀴어 이반지하〉. 나는 퀴어에 관심을
두었는데, 그래서인가 살짝 두렵고 주저했다. 마치 처음 본 진갯살을
날것으로 먹어야 하는 순간처럼. 다 읽고 나서 부끄러웠다. 그는 퀴어보다
'이웃집'에 무게를 두었다는 걸 알게 되었으니까. 예술가는 특별해야
평범하다. 다른 작가들이 아직 보여주지 못한 이미지나 들려주지 못한
이야기를 꺼내는 일은 평범하다. 그런데 이반지하는 평범해서
특별했다. 퀴어라고 퀴어예술가라고 해서 이웃집에 못 살 만큼
괴상하지 않다. 월세 걱정, 주인집과의 갈등, 외모로서 여성으로 겪은
공포 따위는 하나도 다르지 않다. 이런 평범함을 길게 이야기해서 내게는
오히려 특별했다. 어쩌면 내가 너무 일찍 나와 다른 사람이라고 선을
그었기 때문인지도 모른다. 선만 넘지 않으면 내게 얼마든지 웃으며
받아들일 수 있다고. 그래서 난 감수성과 교양, 포용력까지 갖춘 인간이라고.
나는 그대들(they)을 빛나는 내 모습을 비춰주는 거울쯤으로 여겼나 보다.
그리고. 그는 우리 모두는 생각보다 너저분하다고 단언한다.
머릿속에 자신만의 섹스룰 없는 사람이 있을까. 다른 사람과 다르게
쾌감을 느껴보고픈 욕망이 아예 없을까? 다른 사람보다 못해서 보다
달라서, 다르게 기분 좋아서 불안하고 상처받는 게 아닐까? 오직 내 머릿속에
갇혀 지내서 다른 사람이 어떻게 느끼고 기분 좋은지 잘 모르기 때문에
두렵고 자꾸 작아지는 게 아닐까? 커밍아웃을 퀴어들만이 해야 하는
과제처럼 여기면서 난 그나마 다른 사람들과 비슷하다고 자위하는 게
아닐까? 이성애라고 해서 삽입을 원하지 않다고 손으로 만져주는 게
훨씬 기분 좋다고 말하는 것도 커밍아웃이지 않을까? 어디까지 솔직해야
두려움 없이 홀가분하게 나를 받아들일 수 있을까? 그런 나를 진심으로
받아주는 또 다른 커밍아웃한 존재를 지금, 여기서 죽기 전에 만날 수 있을까
더 나이들기 전에, 아직 단단할 때, 아직 포기하지 못할 때 만날 수 있을까
그가 원하는 존재가 되어줄 수 있을까? 질문이 또 다른 질문으로 답을 해주는 기분.

예수는 십자가에 매달려 마지막까지 고통스러워하다가 이루었다는 유언을 남겼습니다. 얼마나 허탈했을까요. 다 이루었는데 바로 죽다니요. 삼일 뒤에 부활하였으니 그나마 다행입니다. 에밀리 디킨슨은 '성공하지 못한 사람들이 성공은 가장 달콤하다고 한다. 오늘 승리의 깃발을 거머쥔 자주색 전투복의 군인 중에는 승리를 명확하게 정의해 줄 사람이 아무도 없다'고 하였습니다.

부활하거나 승리의 깃발을 지켜보지 않아도 엄마는 승리자입니다. 왜냐하면 팔십이 되어도 진짜 좋아하는 걸 이루지 않은 채 남겨두었으니까요. 엄마는 내가 학교에 가기 전부터 영화 〈남태평양〉에 등장하는 섬을 죽기 전에 꼭 가 보고 싶다고 여러 번 이야기했습니다. 알고 보니 그 섬은 인도네시아 발리였는데 나는 벌써 세 번이나 다녀왔습니다. 엄마는 이집트도 죽기 전에 꼭 가 보고 싶다고 하였습니다. 나는 가자의 피라미드는 물론이고 스핑크스 엉덩이도 보았고 나일강 크루즈도 타 보았습니다.

나도 엄마처럼 죽기 전에 가고 싶은 곳이 있습니다. 바로 브라질입니다. 카를로스 조빔이 추앙하는 소녀는 이파네마

해변을 낭창낭창하게 걷습니다. 카를리뇨스 브라운과 베보 발데스는 빈민가 칸딜에서 가난한 마을 사람들을 위해 노래합니다. 육감적인 땀방울이 까만 젖가슴 사이로 흐릅니다. 거친 주짓수 선수들이 포르투갈어를 간지럽게 쏟아냅니다. 아직 브라질을 가지 않은 이유는 나의 브라질을 잃고 싶지 않아서입니다. 죽기 전에,라는 말을 붙이면 마법이 생겨납니다.

인생의 허무함을 끝이 얼마 남지 않았다는 조급함으로 버틸 수 있습니다. 마침표 없이 끝없이 이어지는 문장처럼 영원히 끝나지 않는 인생도 무척 괴롭습니다.

끝이 있어서 다행입니다. 끝내겠다고 마음먹으면 결과는 아무래도 괜찮다는 기분이 듭니다. 몹시 홀가분해집니다. 또 다른 내가 몸 밖으로 빠져나와 발끝에 걸려 있습니다. 누워있는 나를 가만히 내려다 봅니다. 테이프를 떼어내듯 발끝에서 떨어져 두둥실 떠오릅니다. 나와 나를 둘러싼 세상이 점점 작아지면서 한눈에 들어옵니다. 나는 무엇을 위해 그토록 애써 매달렸을까. 남은 기운을 짜내어 갈아 넣었을까. 조금 더 높이 오를수록 나른해지고 숨이 막힙니다.

이대로도 썩 괜찮다는 기분이 듭니다. 점처럼 작게 보이는 내가 아주 높이 떠오른 나에게 소리칩니다.

중학생 때 영화 〈아마데우스〉를 보았습니다. 내 기억에 극장에서 아빠와 함께 처음이자 마지막으로 본 영화였습니다. 두 음악가가 이야기를 끌고 나가는데 모차르트는 천재이지만 경박하고 살리에르는 평범하지만 치열합니다. 모차르트가 쓴 악보는 초고이지만 고친 흔적이 하나도 없이 깨끗합니다. 나는 모차르트보다 살리에르에 더 마음이 갑니다. 나는 평범하니까요. 영화 속 모차르트는 신이 랜덤으로 선물해준 재능을 받은 그릇입니다. 나와 모차르트가 다른 점은 오직 하나입니다. 알 수 없는 신의 선택뿐입니다. 하지만 영화 밖 실제 모차르트는 죽음을 친구처럼 여기고 내일이 없을지도 모른다고 생

각했습니다. 그렇다고 우울하거나 슬픔에 빠져서는 안 된
다며 일기에 썼습니다. 그는 평생 가난했고 고통을 많이 겪
었습니다. 그럼에도 쾌활하고 밝은 음악을 남겼습니다. 그
는 인생을 믿었습니다. 인생의 속성, 결국 끝날 거라는 사
실을 겸허히 받아들였습니다. 자신이 할 수 있는 만큼 열심
히 즐겼습니다.

게임 속 플레이어는 끊임없이 죽습니다. 아깝게 죽을 때마
다 개 같은 게임이라고 욕을 합니다.
다시 마우스를 잡고 키보드를 두드립니다. 놀이하는 마
음은 죽음과 엔딩을 두려워하지 않습니다. 모아둔 코인
과 아이템을 다 털린 채로 알몸으로 다시 시작하는 데 익
숙합니다.

제안합니다 featuring 페르난두 페소아
『시는 내가 홀로 있는 방식』

김한민 작가는 페소아를 알고 싶어서 리스본으로 떠납니다. 몇 년 뒤 페소아의 시를 우리말로 번역합니다. 낭만적인 이유로 떠나 몇 년을 진지하게 채우고 돌아오는 사람은 얼마나 아름다운지. 생전에 페소아는 카프카만큼이나 무명이었습니다. 그는 1935년 47살의 나이로 죽었습니다. 트렁크 속에서 어마어마한 분량의 원고가 발견되었고 한참 뒤에 책으로 출간되었습니다. 페소아는 죽고 나서도 마치 100광년 떨어진 별처럼 21세기 대한민국에 사는 한 작가의 눈에 들어와 반짝거립니다.

나는 개찰원
아침부터 밤까지 표에 작은 구멍을 내지
몇천 개 몇만 개를 뚫었는지 몰라

어쨌든 남의 표의 구멍
한 번이라도 좋으니 내 구멍이 갖고 싶었어

어느 화창한 가을날 나는 죽었어
나를 위한 첫 번째 구멍은 남의 것보다 조금 컸어

그건 묘지 구덩이었어

〈릴라의 열차 승무원〉
Le poinçonneur des Lilas

요즘 어머니와 점심을 먹으면 어떤 이야기나 맥락과 관계없이 불쑥 튀어나온다.
어머니의 입에서. 의도하지 않아도 튀어나오는 말실수처럼 들리는 말이
우익석을 붙잡고 늘어지는 문장인 경우가 무척 많다. 어머니는 하루종일
TV를 켜놓고 지낸다. 실제로 집중해서 보는 건 1~2시간 정도라고.
소리마저 없으면 너무 심심하다. 웅웅거리는 소리라도 들어야 안심이 된다고.
난독증으로 책읽기도 어렵고 딱히 취미랄만한 것도 없다. 하루종일 전화기를
그리워하고 곁에 없는 누군가를 만나고 싶어한다. 아침에는 산책하고 오전에는
밥먹고 전화 몇 통하면 괜찮은데 오후부터는 견디기 어렵다. 그렇게 하루를
보내면 내일도 거의 다름없는 하루가 시작된다. 어머니와 아버지는 세상에서
내가 가장 닮은 사람이다. 어머니 유전자의 딱 절반이 오십년 넘게 내 몸으로
살았으니까. 자연스럽게 내 미래를 예감하며 대조군, 리트머스 시험지,
반면교사로 받아들인다. 다행히 혼자있는 게 두렵지 않다. 실패해도 하루이틀
지나면 스스로 설득당할 만큼 괜찮은 핑계나 논리를 찾아낸다. 내 탓이어도
내 탓이 아니어도 괜찮다. 실패는 언제나 성공의 횟수를 높이는 모집단이고
성공은 상태가 아닌 확률이니까 말이다. 사람을 만나는 것도 그렇다. 포기도 빠르지만
들이대는 거 역시 빠르다. 그리고 실패할 수 있다고 늘 생각하기에 쓸데없이
자신감을 드러내지 않는다. 지나친 자신감은 자칫 상대를 만만하게 여기거나
목적이 아닌 외로움을 줄이고 성욕을 해소하고 자존감을 높이는 도구로 받아들이게 된다.
간단하다. 상대방이 날 똑같이 바라보고 내게 온다면? 생각보다 나쁘지 않은데!
"난 널 성욕해소 그 이상 그 이하도 아니야." "내가 외로워서 어쩔 수 없이 널
만나는거야. 네 외모나 성격, 태도 때문이 아니야." "내 자존감을 높이려고 너
만나. 너는 내게 신발깔창 같은, 키높이구두 같은 존재야." 구체적으로 써보니까
더욱 나쁘지 않다. 이런 이야기를 스스럼없이 나누는 상대라면 기꺼이 깔창이
되어줄 수 있을 것 같다. 나도 당당하게 "네 가슴과 유두 때문"이라고 말해도
되니까. 모델은 미하루 우사. 지금은 은퇴한 AV 배우다. 아이돌에서 성인배우로
변신. 수년간 활동하다가 2022년 10월 그만두었다. 진심으로 건투를 빈다.

일해서 남 주고 놀아서 나 준다

스무 살부터 스물아홉까지 4년은 대학생이었고 2년 반은 군인이었습니다. 나머지는 직장인이었습니다. 결혼을 하면서 길고 지루했던 20대를 마무리합니다. 부모가 사회가 시스템이 시키는 대로 하다 보니 뭘 시작하기도 전에 지나갑니다. 다시 20대로 돌아가고 싶냐고 묻는다면 선뜻 그렇다고 대답하지 못하겠습니다. 빌린 책 목록으로 가득 채운 도서관 카드, 나쁘지 않은 학점, 28개월 동안 소대장 복무, 취업을 준비하면서 다녔던 신촌 영어학원, SK 채용 담당자와 면접, 잘 다려진 와이셔츠, 초록색 넥타이, 반짝거리는 구두, 목에 걸린 사원증, 넉넉했던 월급, 명함과 진급, 사무실에 남아 밤새워 쓴 보고서, 엄마에게 사랑받는 아들, 좋은 아빠가 될 거라는 기대. 이런 걸 되풀이한다면 굳이 돌아가고 싶지 않습니다.

엄마 말만 들으면 엄마보다 못한 사람 된다.

서실인지 아닌지 잘 모르겠지만 이런 이야기를 마구 하고 싶었습니다. 픽션이라도 좋으니 쏟아내고 싶습니다. 작가는 거짓말쟁이입니다. 거짓말을 잘 해야 먹고삽니다. 맞고 틀리는 건 합리적이고 이성적인 과학자들이 밝혀낼 겁니다. 꽤 그럴싸하면 그만입니다.

스마트폰에 어플을 새로 깝니다. 카운트다운을 해주는 기능인데 내게 남은 시간은 얼마나 될지 궁금합니다. 20년 뒤면 일흔넷이니까 그 정도까지 아닐까. 더 오래 살 수도 있겠지만 온전한 정신으로 내 의지만큼 마음껏 움직일 수 있는 한계가 아닐까 싶습니다. 앞으로 20년으로 설정하니까 2044년 4월 27일 수요일입니다. 7,300일 정도인데 생각보다 적습니다. 오늘은 2025년 10월 22일이고 밤 11시입니다. 6,762일이 남았는데 정확히 162,264시간 59분 33초에서 또박또박 1초씩 줄어듭니다.

우리들의 놀이는 이제부터다

특강을 하면서 한달에 한번씩 중학생들을 만납니다. 중학생은 김밥 꽁다리 같습니다. 분명 김밥인데 김밥이 아닌 것처럼 말이죠. 학생들을 만나면 말짓기 놀이를 합니다. 생각나는 대로 단어를 말하면 화이트보드에 빠짐없이 적습니다. 3, 7, 12처럼 내키는 대로 번호를 고르면 순서대로 단어를 고릅니다. 만약 '감자', '쓸쓸하다', '달려든다'가 걸리면 어떻게든 문장을 만들어 봅니다. '쓸쓸한 오후 삶은 감자들이 포카칩에게 달려들었다'처럼요. 그리고나서 물어봅니다. "그래서, 그다음에는?" 깔깔거리면서 문장을 잇다 보면 어느새 근사한 이야기가 됩니다. 관계 없어 보이는 것끼리 연결하기. 창작의 기본입니다.

맞고 틀리고 옳고 그르고 말이 되고 안 되고. 모두 엄마가 정해 주었습니다. 교과서, 학교, 상식, 어른, 체제 모두 나의 엄마였습니다. 엄마는 개념이라는 깨지지 않고 바뀌지도 않는 단단한 기준을 선물해주었습니다. 덕분에 모범적인 시민으로 자랐지만 더할 나위 없이 지루했습니다.

그래도 큰 불만은 없었습니다. 그런데 나이가 들고 조금씩 더 살아낼수록 어째 질문은 많아지고 더 어려워집니다. 생각지도 못한 단어들이 아무렇게나 발밑에 던져진 기분입니다. 이제 필요한 건 맞고 틀리고 옳고 그르고 말이 되고 안 되고가 아닙니다. 더 이상 엄마가 도움이 되지 못합니다.

일론 머스크는 화성 이주를 꿈꾸며 스타쉽이라는 거대한 우주선을 쏘아 올립니다. 그는 어릴 때 읽은 만화 〈땡땡〉에서 영감을 얻어 로켓을 디자인했습니다. 한번에 100명이 넘는 우주인을 태우고 조만간 화성으로 가겠다고 합니다. 또라이입니다. 그래서 존중하고 인정합니다. 성공이란 어쩌면 말짓기 놀이가 아닐까 싶습니다. 생각지도 못한 엉뚱한 단어들로 어떻게든 말이 되게 만드니까요. 크게 성공을 거두면 나면 말도 안 되는 문장이 개념으로 바뀝니다. 엄마가 귀가 아프도록 하고 또 하는 말이 되는 거죠. 그는 한술 더 떠서 사이보그도 만들고 우주 식민지도 세우겠다고 내

뱉습니다. 그는 여전히 또라이지만 21세기에 먹히는 개념을 알려주는 나의 새엄마입니다.

성공하려면 Think Different, 다르게 생각해야 한다고 말합니다. 꿈과 노력도 반드시 필요하구요. 글쎄요. 내가 사는 2025년 대한민국에서 진짜 가능한 일인지 되묻고 싶습니다. 꿈이란 돈이 도와주고 돈은 부동산이 벌어주고 씨앗이 되는 돈은 부모님으로부터 나옵니다. 계급까지는 아니지만 계층은 물과 기름처럼 여간해서 뒤집히거나 섞이지 않습니다.

그럼에도 불구하고 소셜 미디어에는 남과 다르게 성공했다는 문장으로 넘쳐납니다. 하루 천만원 매출을 달성하는 매장의 비법, 하루 20분 일하면서 월 6억을 벌어들이는 노하우, 좋아하는 일을 하면서 여유롭게 사는 법 같은 문장 말이죠. 진짜 성공해서 하는 말보다는 어째 말이 되게끔 만들고 싶은 문장이나 스스로에게 던지는 다짐쯤으로 보입니다.

나는 별자리나 사주를 믿지 않습니다. 같은 별자리나 사주를 갖고 태어났다고 비슷한 운명을 겪는다니 도무지 말이 되지 않습니다. 엉뚱한 이야기지만 슈카월드에서 나 빼고 나머지 사람들이 게임 속 NPC_{Non Player Characters}처럼 느껴질 때가 있다고 말했습니다. 다른 이들이 다치거나 죽어도 나는 어떻게든 되살아나서 한 번 더 기회가 생길 것 같은 느낌, 이번 생이 망가지더라도 껐다 켜면 다음 생에서 다시 시작할 것만 같은 기분입니다. 배경 그래픽을 현실감 있게 묘사될수록 게임에 빠져들듯이 진짜 현실은 배경이 되고 내가 꾸는 꿈이 현실처럼 느껴집니다.

가끔 현실이 현실적으로 나를 집어삼키기도도 합니다. 당장 점심을 해결할 돈이 없거나 오랫동안 외주 일이 들어오지 않기도 합니다. 당장 할 수 있는 게 아무것도 없다면 개념도 요령도 충고도 모두 헛소리처럼 들립니다. '그래서, 다음 엔 어떻게 되는데'라는 답 없는 질문이 나를 잠시도 가만두 지 않습니다. 믿지도 않는 별자리와 사주를 들먹거리며 운 명에 기대를 걸어봅니다.

사주에 귀인이 네 개나 들어 있네
돈을 깔고 있는 사주니까 지금처럼 그냥 살아.

나는 잘 될 운명을 타고 났다며 바닥난 마음을 추스릅니 다. 믿고 싶은 대로 믿으며 어물쩡 넘깁니다. 한차례 폭풍이 지나가고 차분해진 마음으로 폐허가 되어버린 시간을 되돌 아봅니다. 그리고는 여전히 별자리나 사주 따위 믿지 않는 다며 혼자 웅얼거립니다.

〈게타 로보〉를 그린 만화가 이시카와 켄은 처음 기획한 의 도와 다르게 엉뚱하게 폭주하거나 감당할 수 없을 만큼 스 케일을 키우는 걸로 악명 높습니다. 시간을 훌쩍 뛰어넘고

다중우주를 넘나들고 은하
계를 통째로 날려버리는 엄
청난 적들까지 등장합니다.
그는 2006년 심부전으로 죽
었습니다. 향년 58세였습니
다. 너무 갑작스러운 죽음이
었습니다. 자신도 그럴 줄 몰
라 죽기 직전까지 새로운 작품을 구상했습니다. 대부분 열
린 결말로 마무리하는데 벌여놓은 이야기를 감당하지 못해
서 연재를 중단했기 때문입니다. 사실 이시카와 켄만 그럴
까요. 나나 당신이나 마찬가지입니다.
살아있는 만큼 어떻게든 이야기를 이어갈 뿐입니다. 도대
체 어떻게 하려는지 걱정될 때쯤 그는 씩 웃으며 한 문장을
던지며 석양 속으로 사라집니다.

우리들의 싸움은 이제부터다.

겁에 질리면 머릿속이 하얗게 된다. 한번 질리면 합리적으로 차분하게 지금 앞에 닥친 일을 풀어나가기 어렵다. 바보가 된다. 실수를 하고 제 실력을 드러내지 못한다. 경험이 많거나 지식을 쌓으면 함부로 정신줄을 놓지 않는다. 적에게 등을 보이지도 않는다. 격투기 선수들이 날아오는 주먹을 끝까지 보면서 가드를 올리거나 카운터를 리듬에 맞춰 날리듯 말이다. 죽음에 대해 자꾸 떠올리며 우주 안에 가득한 허무를 바라보며 자꾸 곱씹는 이유도 마찬가지다. 그렇게 하지 않으면 언젠가 하지만 반드시 닥쳐올 죽음과 허무함의 쓰나미 앞에 눈을 질끈 감거나 정신줄 놓을 게 뻔하기 때문이다. 난 그나마 행운이다. 심장이 멈추고 허무한 검정 속으로 잠시나마 빨려들어갈 뻔 했으니 말이다. 검은 죽음. 차갑지도 아쉽지도 서럽지도 않은 그냥 까만 게 전부라고 말할 수 밖에 없는 죽음의 순간. 심근경색을 겪고 2년이 흘렀지만 오늘밤 잠들기 전에 또 한번 (이자 마지막인) 경험을 할 수 있을거란 확률은 늘 남아있다. (시간의 축만 걸어낸다면 100% 확률이다.) 이제 어떻게 받아들이느냐만 남았는데. 어떤 얼굴로 맞이할지 떠올려 본다. 〈호문쿨루스〉 작가로 알려진 야마모토 히데오. 그의 데뷔작은 〈코로시야 이치〉인데 미이케 다카시 감독의 〈이치 더 킬러〉의 원작이기도 하다. 국내에 정식 발간이 되지 않았는데 어둠의 경로를 뒤지면 번역본을 찾을 수 있다. 아니면 영화를 봐도 되는데 수위가 매우 높다. 원작 만하랴 영화보다 훨씬 세다. 정발이 되지 못한 이유. 충분하다. 야쿠자를 코챙이가 피부를 꿰어 방안에 매달고 뜨거운 기름을 등겨죽에 붓는다. 신발 뒷축에 붙은 날카로운 칼날에 신체가 세로로 썰리며 피를 뿜는다. 죽어가는 시체들 위로 자위를 하며 정액을 쏟는다. 칼날에 절묘하게 썰린 얼굴가죽이 천정에 붙은 채 천천히 미끄러지듯 떨어진다. 정신나간 장면이 계속되는데. 영화를 부천영화제에서 20년 전 처음 보았다. 여전히 내 가슴속 가장 강렬하게 재미있었던, 첫눈에 빠진 영화중에 넘버원이다. 그 뒤로 미이케 다카시 영화를 놓치지 않고 보았지만 이만한 충격과 짜릿함은 없었다. 가장 기억에 남는 섹스가 반드시 사랑하는 연인과 할 게 아닐 수도 있듯이. 원작 속 공포를 그린 얼굴을 맞아본다. 이 얼굴표정을 짓고 몇분 뒤에 죽는다.

작가는 힘듭니다. 작가 대신 고양이나 부레옥잠을 넣어도 말이 되긴 합니다. 그럼에도 무슨 경전이나 아포리즘처럼 자꾸 되새깁니다. 애써 희망을 꿈꾸거나 두려움에 떠는 이유는 동전의 양면일 지도 모르겠습니다. 아직 발 디디지 못한 공간과 오지 않은 시간이 어떨지 지금은 알 수 없습니다. 불안은 긍정도 부정도 아닙니다. 그저 모르겠다는 말과 다르지 않습니다. 마치 출렁다리를 건널 때 크게 덜컹거리는 구간을 지나는 기분과 비슷합니다. 놀란 마음에 추락하면 어쩌나 싶은 상상이 더해지면 머릿속이 하얘집니다. 하지만 다리는 쉽게 무너지지 않죠. 우주에서 물컹거리는 생물은 오래 버티지 못합니다. 희망은 살아있는 모든 생물을 위한 노래입니다. 죽음이 일상인 우주에서 잠깐이나마 버티게끔 도와줍니다. 노래하고 춤추고 애써 기억합니다. 불안을 노래하면 희망이 생기니까요.

한번 지나간 알베르게로 돌아가지 않는다.
다음 알베르게를 향해 걷는다고 해서
거기가 목표는 아니다.
끝나지 않는 길 위에 나를 살포시 내려놓는다.

오늘은 글 대신 그림을 그려봅니다. 글과 그림은 보석과 쓰레기가 뒤엉킨 놀이터입니다. 무슨 이야기를 어떻게 해도 괜찮습니다. 글과 그림은 화장실이고 욕받이이며 대나무숲입니다. 앞뒤가 맞지 않는 외침과 망상으로 가득합니다. 제대로 놀지 못하고 자란 아이는 심리적, 정서적으로 그늘이 지게 마련입니다. 글과 그림, 문학과 예술이 놀이터가 되지 못한 사회도 다르지 않습니다. 그래서인지 '쓰레기 문학', '변태 같은 예술'이라는 말은 저한테는 크게 와닿지 않네요. 문학과 예술이 그런 건데 뭘 또 굳이.

빈 캔버스를 잠시 바라보면서 커피믹스를 홀짝거립니다.

하루종일 저 혼자입니다. 작가는 '힘들다' 보다 '기다린다'라는 말이 더 어울립니다. 마냥 기다리다 보면 지치기 마련이죠. 지치지 않으려면 어떻게 해야 할지 나름대로 방법이 있습니다. 저는 다른 작가들이 남긴 책을 읽습니다. <론리앤호니>가 나오는 데까지 3년이 흘렀습니다. 그동안 말 못한 사연이 꽤 있었습니다. 시간이라는 녀석은 제 의지 따위 아랑곳하지 않고 냉랭하게 흘렀고 가끔씩 날카롭게 베이곤 했습니다. 고운 모래 대신 날카로운 굴껍질이 붙은 바닷가를 걸으려면 덧신이 필요하듯이 책읽기와 몇 가지 루틴이 마음 발바닥을 감싸주었습니다. 요컨데 여러분이 쿠키까지 꺼내서 읽는 지금 이 순간까지 꾹 참고 기다렸습니다.

여전히 통장 잔고를 보면 한숨이 나옵니다. 하지만 잔고만 바라 보면 새로운 걸 할 수 없습니다. 그저 하던 대로, 돈 버는 대로, 사는 대로, 익숙한 대로 버티게 되니까요. 행운은 소행성 충돌처럼 낮은 확률로 벌어지는 어이없는 이벤트와 다릅니다. 오히려 느닷없이 스티어링 휠을 돌려 옆길로 빠지는 일과 비슷합니다. 꽃이 필 때 가장 허기진 법이라 믿으면서 아직 그리지 못한 작품들을 흔쾌히 사주시는 순간을 떠올리면서 마냥 기다리겠습니다.

나의 미래와 독자분들 그리고 고객님.

미리 고맙습니다.

끝

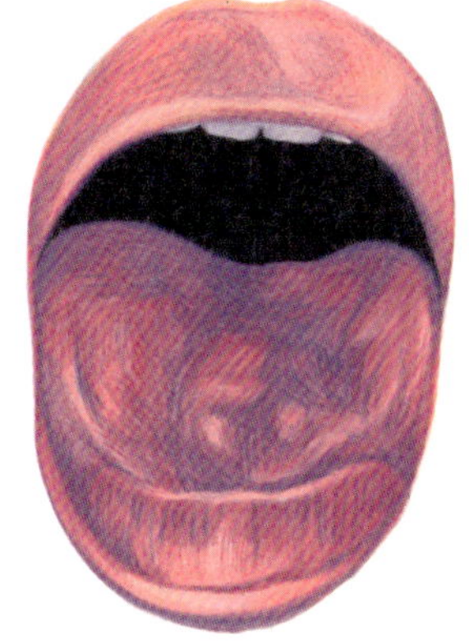

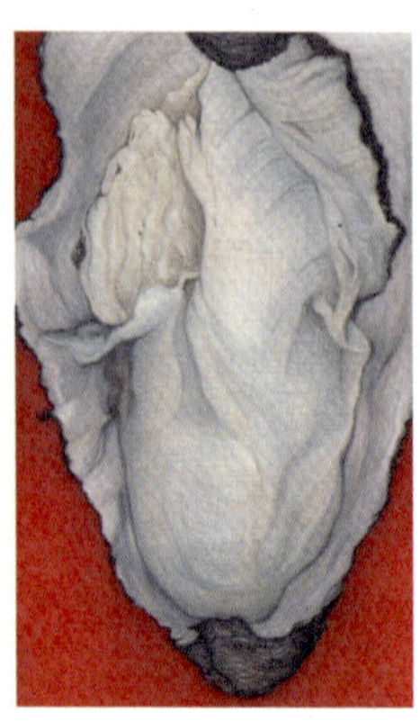 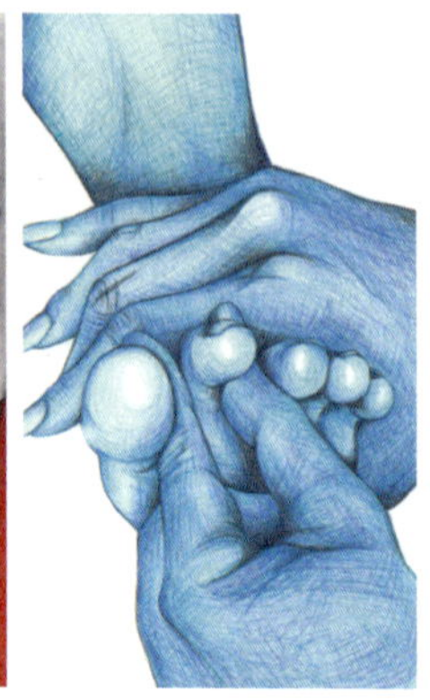

그저 당신 몸의 부드러운 동물이
사랑하는 것을 계속 사랑하게 두세요.
You only have to let the soft animal of your body
love what it loves.

메리 올리버, 〈기러기〉 중에서.